DILEMA LUI MATT
SERIA FAMILIEI WINSTON
CARTEA A DOUA

ROWENA DAWN

SCARLET LEAF

2018

Simonei și lui Andrei

FAMILIA WINSTON

COPIII REBECCĂI

    Adam (c. Anna)

    Evelyne (decedată)

    Copiii lui Adam

    Marjorie (geamănă, c. Jonathan) – copii: Matt (34), Maggie (28), Jay (28)

    Michael (geamăn, c. Amelie) – copii: Josh (26), Lily (26)

    Gabriel (c. Emilie) – copii: Ariel (32), Alex (32), Becka (19; c. Bryan; copii gemeni: Lea şi Sean)

CAPITOLUL 1

-BECKA, MIŞCĂ-ŢI FUNDUL sus, acum, bubui vocea lui Bryan, ceea ce îl făcu pe Matt să zâmbească.

Matt cunoştea politica Beckăi de a nu încuia uşa de la intrare. Ştia, de asemenea, că Bryan nu avea prea mult succes să o facă să-i asculte sfatul de a o încuia.

De aceea Matt nu se obosea niciodată să le sune la uşă. El doar intra în casă. În fond, se simţea acolo ca la el acasă. Becka şi Bryan erau unii dintre cei mai cumsecade din familie, chiar dacă cuplul lor era destul de ciudat.

-Am crezut că-ţi place fundul meu, strigă Becka din birou, iar apoi ieşi val vârtej din încăpere.

Trecu la mică distanţă de Matt şi nici măcar nu îl remarcă. Începu să urce scările, luând câte două trepte în acelaş timp.

-Îţi iubesc fundul şi o ştii. Dar în momentul acesta, adu-l aici sus. Levitează, la naiba, şi nu vrea să mă asculte, veni vocea hărţuită a lui Bryan de undeva de sus, iar Matt izbucni în râs.

Imaginaţia lui Matt nu era foarte dezvoltată, dar cel puţin putea să-şi imagineze cât de stresant era pentru Bryan să aibă doi copii cu talente speciale.

Venind din afara familiei Winston, Bryan a trebuit să accepte multe lucruri. Şi cu toate acestea, nimeni nu putea spune că nu-şi respecta responsabilităţile.

Chiar dacă uneori nu avea nici o idee despre ce ar trebui să facă în anumite circumstanțe, își înfigea picioarele în pământ și lua lucrurile așa cum erau. Totuși acum, părea copleșit din cauza fiicei sale de o lună și jumătate, care moștenise abilitățile familiei mamei sale.

Cum nu veneau decât șoapte de la etaj, Matt se decise să se ducă acolo și să-i viziteze pe nepoata și nepotul său.

Știa că apariția lui îl va face pe Bryan să-și dea ochii peste cap. El va înțelege că Becka a uitat să încuie ușa din nou și probabil că se va certa cu ea după ce Matt va pleca.

Bryan nu va spune un cuvânt în fața lui Matt. Indiferent cât de supărat era, Bryan nu-i spunea nimic Beckăi în fața celorlalți. Se gândea că familia a judecat-o destul pentru că s-a măritat cu un bărbat care era cu doisprezece ani mai în vârstă decât ea și nu mai avea nevoie să audă de la nimeni '*Ți-am spus eu*'.

Matt bătu la ușa camerei copiilor, iar Bryan își ridică privirea. Pe chipul lui se zări îngrijorarea pentru un moment. Când ochii îi căzură pe Matt, tensiunea îi dispăru și zâmbi, scuturându-și capul.

-Din nou nu ai încuiat ușa, spuse el pe un ton resemnat, aruncându-i o privire Beckăi.

-Am uitat, ridică ea din umeri și îl bătu pe mână. Nu te îngrijora, nimeni nu intră, doar Matt. Bună, Matt, ce mai faci?

Matt nu reuși să-și ascundă amuzamentul. Verișoara lui cea mai tânără era o constantă bucurie pentru el, și lui îi făcea plăcere să-l vadă pe Bryan luptându-se atât cu grija pentru ea, cât și cu inabilitatea lui de a o face să înțeleagă pericolele orașului.

-Doar treceam pe aici. Am o oră liberă și m-am gândit să vin să vă văd pe voi doi. Și pe maimuțici.

Matt intră în cameră și veni la Becka, care o ținea pe Lea în brațe. Îi sărută obrazul Beckăi, iar apoi îi alintă capul bebelușului și îi sărută vârful capului.

-Deja vă face probleme, înțeleg, se întoarse el spre Bryan, care își ridică o sprânceană interogativ. Te-am auzit când am intrat în casă, mărturisi Matt, iar un zâmbet obraznic îi apăru pe buze.

Becka se înroși. Își amintea ce strigase Bryan ca să o facă să vină la etaj. Îi aruncă o privire iritată, iar Bryan se mulțumi doar să surâdă.

Matt râse. Îi iubea pe amândoi, iar inima îi exploda de bucurie ori de câte ori se gândea cât de bine se potriveau împreună.

Dar cu toate acestea, uneori era și gelos pe ei doi, pentru că nu putea avea și el același lucru.

-Deci au început problemele, înțeleg, spuse el arătând spre ghemul din brațele Beckăi.

-Mă sperie înfiorător, să-ți spun drept. Mulțumesc lui Dumnezeu că Sean nu a manifestat nici un fel de puteri deocamdată, replică Bryan.

-O va face... în timp, îi spuse Matt, punând o mână pe umărul lui ca să-l liniștească. Te vei descurca, nu îți fă griji. Niciodată nu mi-ai dat impresia că ai fi un bărbat care să nu fie capabil să se ocupe de absolut tot.

Bryan îi aruncă o privire posomorâtă, dar nu spuse nimic. Își aruncă privirea spre Becka, gata să spună ceva, dar ea îl opri, punând un deget la gură.

-A adormit din nou, șopti ea, iar Bryan veni să își ia fiica și să o pună înapoi în leagănul ei.

Becka şi Matt o porniră spre uşă, aşteptându-se ca Bryan să-i urmeze. Când Matt privi în urmă, Bryan tot continua să-şi privească fiica dormind, iar expresia de pe chipul lui era de nepreţuit.

Lui Matt i-a plăcut Bryan din momentul în care s-au întâlnit. Cu toate acestea, pe măsură ce l-a cunoscut mai bine, respectul şi sentimentele lui faţă de bărbat au evoluat foarte mult.

Bryan era un soţ şi un tată devotat şi efectiv îi tăia răsuflarea lui Matt să-l vadă pe bărbatul acela uriaş atât de îndrăgostit de familia sa.

Matt o urmă pe Becka la parter şi o găsi în biroul ei. Scria ceva la computer, verificând un teanc de hârtii pe care le avea lângă ea.

-Ce faci? o întrebă el.

-Trebuie să termin un eseu. Mai am două rânduri şi am terminat, îi replică ea, fără să-l privească.

Matt se sprijini de tocul uşii, încrucişându-şi gleznele, şi păstră tăcerea ca Becka să poată să-şi termine treaba. Un minut mai târziu, Bryan veni şi el jos şi îi făcu semn lui Matt să îl urmeze în bucătărie.

Încă înainte de a călca în bucătărie, aroma de tocană de vacă îi ajunse la nas, iar el inhală cu plăcere. Stomacul îi mormăi, iar Bryan, care era aproape de el, râse.

-Eşti gata să iei prânzul? îl tachină el pe Matt.

-Presupun că tu ai gătit, se interesă Matt pe un ton sec.

-Presupui bine, replică Bryan. Nu aş lăsa-o pe Becka în bucătărie. Este un dezastru umblător, ridică el din umeri, iar apoi se îndreptă spre maşina de gătit şi luă o lingură de lemn să amestece în tocană.

-Chiar asta sunt? se burzului Becka din spatele lui Matt, iar Bryan tresări.

-Haide, iubito, doar știi că nu poți nici măcar să fierbi un ou, îi replică Bryan, dar nu se auzea nici măcar o urmă de reproș în vocea lui. Și doar o ducem bine, nu-i așa? Nu este nevoie să gătești tu când eu pot să o fac foarte bine, adăugă el.

Veni spre ea, îi luă capul în căușul palmelor și îi sărută buzele tandru. Matt se întoarse să privească pe fereastră afară. Tandrețea dintre cei doi îi strecură un dor în suflet pe care crezuse că-l strivise cu mult timp în urmă.

-Vă este foame la amândoi? întrebă Bryan, întorcându-se spre sobă și luând castroane din dulap.

-Voi așeza eu masa, interveni Becka.

-Ce e de așezat, iubito? se miră Bryan. Stai jos și aduc eu totul la masă.

-Dar vreau să ajut, replică Becka cu supărare în voce.

Matt știa că nu voia ca el să creadă că ea nu făcea nimic prin casă, dar el oricum știa mai bine. Bryan nu o lăsa să facă prea multe.

-Ai avut destule de făcut pe ziua de azi, Becka, o mângâie Bryan pe față și îi sărută vârful nasului. A trebuit să mergi la școală – și ai uitat să închizi ușa de la intrare cu ocazia asta, se gândi el să adauge, și ai muncit la eseul tău de-a lungul ultimelor două ore...

-Da, și tu ai gătit, ai făcut curat și ai avut grijă și de copii, răspunse ea. Și peste două ore trebuie să te duci la dojo pentru clasele de după-masă și seară, așa că...

-Pot să mă ocup de toate astea, nu te îngrijora, își flutură Bryan mâna, îndepărtându-i îngrijorarea, iar în același timp, o conduse la masă și o ajută să ia loc. Tu ești proaspătă mămică și trebuie să te odihnești cât mai mult posibil, sublinie el.

-Am fost proaspătă mamă acum o lună şi jumătate, Bryan. Acum sunt foarte bine, replică ea, cu încăpăţânare.

-Şi aşa trebuie să şi rămâi, îi împinse ea umărul în jos când ea încercă să se ridice. Haide, Becka, stai jos. Pot căra trei boluri la masă singur, spuse el cu frustrare în voce.

Becka doar ridică din umeri, dar nu mai încercă să se ridice din nou. Matt, căruia întotdeauna îi plăcea să-i vadă duelându-se, o privea. Becka îşi muşca buza inferioară, clar supărată.

-Care e problema, păpuşă? o întrebă el pe un ton liniştit.

-Nu mă lasă să fac nimic, se răsti ea. De parcă sunt fragilă.

-Nu am spus niciodată că ai fi fragilă, veni vocea lui Bryan de la mică distanţă.

Becka şi Matt se întoarseră spre el, iar Matt imediat se ridică să-l ajute pe Bryan să pună tava grea pe masă. Bryan umpluse trei castroane cu vârf şi tăiase felii de pâine caldă coaptă în casă.

-Pot să-ţi spun că găteşti la fel de bine ca mama, mirosi Matt tocana, iar apoi mormăi de satisfacţie.

Becka zâmbi, mândră de Bryan. Mătuşa Marjorie era cea mai bună bucătăreasă pe care o ştia, iar lauda lui Matt însemna ceva.

Îşi cufundă lingura în tocăniţă şi se agită un pic pe scaun, înainte de a duce lingura la gură.

-Spune ce gândeşti, îi ceru Bryan. Ceva te macină, spuse el, privind-o dintr-o parte.

Matt ştia că Becka nici măcar nu putea strănuta fără ca Bryan să se îngrijoreze.

-Ei bine, dacă vrei să ştii, începu ea să spună ezitant, nu cred că e corect ca tu să faci absolut totul. A trecut deja o lună şi jumătate de când am născut aşa că sunt perfect capabilă...

Bryan o opri, atingându-i mâna.

-Nu-ţi fă griji în legătură cu asta, Becka. Faci mai mult decât destul. Tu trebuie să te trezeşti noaptea să alăptezi copiii, şi...

-Ha! pufni ea fără pic de eleganţă, iar Matt se văzu nevoit să îşi ascundă zâmbetul.

-Ha? întrebă Bryan. Ce vrea să însemne asta?

-Ori de câte ori mă trezesc, te trezeşti şi tu, aşa că nu încerca să mă abureşti cu chestia asta, ridică Becka din umeri.

-M-oi trezi eu, dar nu alăptez, replică el, îmbufnat.

Matt nu se mai putu abţine şi izbucni în râs.

-Voi doi sânteţi comici. Sânteţi primul cuplu pe care l-am văzut certându-se pentru că celălalt face mai mult, scutură el din cap.

-Tu mănâncă şi taci din gură, se răsti Becka la el. Eu vorbesc serios aici. Da, alăptez şi, da, merg la şcoală. Asta este suma realizărilor mele, se îmbufnă ea.

-Nu aş spune asta, murmură Bryan. Tu mă faci fericit, Becka, spuse el, luându-i mâna şi strângându-i-o cu tandreţe. Şi nu te mai îngrijora atât de mult. Mâine, mama ta o va trimite pe fiica Rosei la noi. Ea va face curat şi va spăla rufele, aşa că nu voi mai avea multe de făcut.

-În sfârşit, spuse Becka uşurată. Cel puţin nu vei mai avea de făcut şi lucrurile acelea.

Matt surâse. Ştia că Becka nu va accepta ca Bryan să muncească atât de mult pentru o vreme îndelungată. Acum, cel puţin, ştia că mai era altcineva care să se ocupe de cea mai mare parte a treburilor domestice, pentru că Bryan nu ar fi acceptat niciodată ajutorul ei.

Din păcate, nu le era uşor să angajeze ajutor în gospodăriile lor. Aveau nevoie de oameni care să păstreze secretul familiei şi nu puteau să angajeze pe oricine.

Din fericire, oamenii pe care îi angajau lucrau pentru ei generaţie după generaţie. Rosa era menajera părinţilor Beckăi şi fiica menajerei unchiului Michael.

-Deci va începe de mâine? întrebă Becka.

Bryan se mulţumi numai să dea din cap şi mai luă nişte tocană. Matt ştia că bărbatul era extenuat. Începuse să facă totul în casă singur încă dinainte de naşterea copiilor şi, de asemenea, continuase şi cu programul lui de antrenament.

Au savurat tocăniţa de vacă în tăcere câteva minute, iar apoi Becka îl privi pe Matt interogativ.

-Ce este? o întrebă el.

-Mă întrebam dacă ai veşti, ridică ea din umeri şi mai luă o felie de pâine.

-Ce fel de veşti aştepţi? întrebă Matt şi, urmându-i exemplul, se mai servi şi el cu o altă felie de pâine.

Bryan chiar ştia ce să facă în bucătărie. Îşi imagină că Bryan ştia ce să facă în aproape orice fel de situaţie. Vărul său prin căsătorie era unul dintre bărbaţii cei mai plini de resurse şi talentaţi din familie.

-Ştii doar, Matt, insistă Becka. Este deja 19 mai.

-Şi? întrebă Matt posomorât.

Ştia el unde ducea acea discuţie şi nu îi făcea nici o plăcere. Doar Bryan privi de la unul la celălalt cu curiozitate.

-În iulie, este ziua ta de naştere, continuă Becka cu încăpăţânare. Pe 27, se gândi ea să sublinieze.

-Şi? întrebă Matt, pretinzând lipsă de interes. Ai de gând să planifici o petrecere pentru mine sau ce?

-Nu te gândi să te joci cu mine, Matt Winston, se răsti Becka şi pumnul ei mic lovi masa, iar sprâncenele lui Bryan se ridicară pe frunte. Ştii foarte bine despre ce vorbesc.

Matt scutură din cap, mai luă din tocăniţă şi mestecă.

-Nu, nu prea ştiu, replică el. Mă gândeam să fac o croazieră sau să merg undeva, asta este adevărat. Dar încă nu m-am decis, ridică el din umeri din nou.

Becka se holbă la el cu uimire. Apoi respiră adânc, gata să se lanseze într-o predică. Bryan îi atinse braţul şi o calmă.

-Matt, spuse el. Văd că e o problemă la mijloc şi nu vreau ca Becka să se enerveze. Deci, despre ce este vorba?

-De ce nu o întrebi pe ea? replică Matt cu îndărătnicie. Nu ştiu ce vrea de la mine, răspunse el cu indiferenţă şi continuă să mănânce.

Nu prea regreta el că venise la ei acasă. Îi plăcea să-i vadă interacţionând unul cu celălalt şi îi iubea pe cei mici. Mai mult decât atât, mânca întotdeauna bine în bucătăria lui Bryan.

-Bine, iubito, despre ce este vorba? o întrebă Bryan când înţelese că Matt nu va spune nimic.

-Va avea treizeci şi cinci de ani pe 27 iulie, sublinie Becka.

-Şi? insistă Bryan, ştiind că discuţia implica mai mult decât ziua de naştere a lui Matt.

-Atunci va pierde absolut totul.

-Ce va pierde? întrebă Bryan din nou, având senzaţia că îi smulgea cuvintele din gură cu cleştele.

-Puterile, banii din trust...

-Oh, înţeleg acum. Deci chestia aia are un termen limită, Bryan dădu din cap când înţelese cum stăteau lucrurile.

Se întoarse spre Matt şi aşteptă ca şi el să spună ceva. Cu toate acestea, Matt doar continuă să mănânce. Nu părea interesat să adauge nimic la discuţie.

-Haide, Matt, spuse Becka. Mai ai puțin mai mult de o lună și jumătate la dispoziție.

La cuvintele ei, mâna i se opri cu lingura la jumătatea distanței spre gură. Ochii lui șocați se fixară pe Becka. După câteva secunde de tăcere asurzitoare, puse lingura înapoi în bol și întrebă:

-Tu chiar vorbești serios?

-Acum ce mai e? își aruncă ea mâinile în aer.

Bryan mustăci. Uneori, Becka avea un talent real pentru dramă.

Matt împinse bolul la o parte cu regret. Chiar vrusese să mănânce tocănița aceea. O încruntătură îi apăru între sprâncene și o privi fix pe Becka.

-Nu am găsit o femeie de care să mă îndrăgostesc până acum și tu chiar crezi că aș putea găsi una în numai o lună și jumătate, observă el. Bryan, nevasta ta și-a pierdut mințile. Chiar îmi pare rău pentru tine, spuse el întorcându-se spre Bryan.

-Nu, îi replică Bryan. Becka e deșteaptă și ar trebui să o asculți. Nu întotdeauna ai nevoie de ani de zile pentru ca să te îndrăgostești. Mie mi-a luat o zi și jumătate, poate chiar mai puțin de atât. Iar tu ai mai mult de patruzeci și cinci de zile, cred, îl mustră Bryan, scuturându-și capul.

-Aha, acum înțeleg. Voi doi sunteți îngrozitor de fericiți și vedeți totul prin ochelari roz, trase Matt concluzia și începu să se ridice de pe scaun.

-Poate că da sau poate că nu, îi replică Bryan. Dar asta nu înseamnă că nu îți poți termina tocănița. Atât Becka cât și eu, spuse el aruncându-i Beckăi o privire plină de subînțeles, nu vom mai discuta despre problema aceasta. Corect, iubita mea? o întrebă el, iar ea aprobă, dând din cap fără tragere de inimă.

Nehotărât, Matt privi de la unul la celălalt, dar, până la urmă, foamea lui câștigă. Se așeză din nou pe scaun și trase bolul în fața lui.

-Deci cum mai este programul tău zilele acestea? îl întrebă Bryan. Ai spus că ai vrea să vii pe la dojo pentru antrenament, observă el.

-Nu astăzi, din păcate, spuse Matt cu regret. Am o conferință mai târziu. Un caz de divorț urât, preciză el. Ești acolo mâine? De exemplu de dimineață? Am câteva ore libere atunci.

-Da, sunt. Este ziua când Becka nu are cursuri și va sta ea cu pruncii. Vezi, iubito, chiar faci o mulțime de lucruri, așa că nu te mai plânge, se întoarse el spre ea.

CAPITOLUL 2

SALA DE CONFERINŢE mustea de tensiune, dar cu toate acestea Matt nu părea să fie afectat defel. Se lăsase pe spate în scaun, punându-şi o gleznă peste genunchi, şi îşi lăsase hârtiile uitate pe masă.

Nu avea niciodată nevoie să-şi împrospăteze memoria. Dosarele aveau numai rol de recuzită pentru el. Le folosea ca să intimideze. Niciodată nu se uita prin ele, fie în sala de conferinţe, fie la tribunal.

Bărbatul de lângă el, clientul lui, Paul Willow, era un bărbat lustruit, puţin peste treizeci de ani. Nu îl plăcea deloc, dar partenerul său, Joshua, îi acceptaze cazul şi când Joshua s-a însurat brusc şi apoi a plecat într-o lună de miere mai extinsă, cazul ajunsese în mâinile lui Matt.

Ceva nu părea chiar în regulă cu acel Paul Willow, dar cazul său de divorţ nu prezenta nici un fel de dificultate pentru Matt, pentru că faptele nu lăsau nici un loc de manevră pentru avocatul părţii adverse.

-Deci, haide să recapitulăm aici, se adresă el celuilalt avocat, Fred Rhoades. Doamna Willow a semnat un contract înainte de căsătorie. Este un document foarte clar, doar toţi sântem de acord cu aceasta. Dacă ea îşi înşeală bărbatul, nu primeşte nimic. Avem patru bărbaţi doritori să depună mărturie că s-au culcat cu ea şi mai mult decât o singură dată. Nu sunt ei cetăţeni fără pată, dar reputaţiile lor proaste ne vor ajuta să avem un caz mai puternic. Mai mult decât atât, domnul Willow este dornic să plătească pentru testul ADN ca să demonstreze că fiul doamnei Willow nu este al lui, spuse el pe un ton foarte practic, iar apoi se opri pentru a evalua expresiile lor.

Avocatul părţii adverse părea supărat şi începuse să-şi şteargă ochelarii. Clienta lui, Nora Willow, care curând urma să devină Nora Barnes, se albise, iar umbrele de sub ochii ei aproape că-i înghiţeau jumătate de faţă.

Matt nu simţea nici un fel de milă pentru ea. Nu îi suferea pe cei ce-şi înşelau soţul sau soţia, după cum nu suferea nici vânătorii de bani, iar conform dosarului pe care îl avea pe masă, acea femeie era şi una şi alta.

Cu toate acestea, ceea ce părea şi mai interesant era faptul că, deşi chipul ei pălise şi degetele îi tremurau, ea nici măcar nu clipi sub privirea lui aspră. Îl privea drept în ochi, ca şi cum nu ar fi avut nici un fel de remuşcare sau ruşine.

-Acum, noi putem merge la tribunal. Noi nu putem pierde cazul pentru că totul este perfect clar. Desigur, până când se vor încheia toate procedurile, vom face tot posibilul ca reputaţia ta să fie în zdrenţe, doamnă Willow, iar fiul tău va afla adevărul despre mama sa, îi spuse el direct, cu dispreţ evident în voce şi privire. Sau putem ajunge la o înţelegere acum, se întoarse el spre celălalt avocat. Ea nu primeşte nimic, aşa cum o stipulează contracul prenupţial. Clientul meu nu îi va plăti pensie alimentară nici fostei soţii, nici copilului. Dar copilul tău nu va afla ce fel de femeie eşti, încheie el, întorcându-şi ochii spre ea. Deci ce alegi până la urmă?

DILEMA LUI MATT

Vocea lui Matt nu se ridică nici măcar cu o fracţiune de decibel, de parcă ar fi citit nişte instrucţiuni plictisitoare. Terminase acum de prezentat alternativele şi aştepta răbdător să audă care era decizia lor finală.

Rhoades încercă să îi şoptească ceva clientei sale, dar femeia îşi ridică o mână şi îl făcu să tacă.

-Voi semna acordul, îi spuse ea lui Matt pe o voce foarte calmă.

Matt nu văzuse niciodată o femeie atât de liniştită într-un caz de divorţ cum era femeia din faţa lui. Nu reacţiona verbal la nimic din ce se spunea. Nu îşi ataca viitorul fost soţ şi nici nu arunca vina pe umerii lui. Singurul semn că simţea într-adevăr ceva era acel tremurat al degetelor.

-Nu e ca şi cum aş fi vrut vreun ban din averea lui oricum, continuă ea. Şi, da, este adevărat, contribuţia lui la cumpărarea casei a fost mult mai mare decât a mea, aşa că, desigur, nu aş fi putut cere să-mi revină casa. Ar trebui însă să cer banii pe care i-am investit eu în casă, sublinie ea, iar privirea lui Matt se aţinti şi mai mult asupra ei.

Nu credea sub nici o formă că va renunţa la acei bani dacă ştia că avea dreptul la ei. Ochii lui se îngustară şi încercă să-şi folosească abilităţile mentale să îi citească mintea, dar nu reuşi, ceea ce îl nedumeri. Puterile lui mentale nu se dezvoltaseră complet, dar totuşi, în mod normal, tot mai putea citi câte un gând ici colea.

-Dar ceea ce vreau, iar aceasta *nu este negociabil*, avertiză ea pe un ton de oţel, este ca el să semneze un document prin care să renunţe complet la toate drepturile sale parentale. A declarat că fiul meu nu este al lui. În acest caz, trebuie să semneze documentele, încheie ea, iar inflexiunea vocii ei îl avertiză pe Matt că nu va putea să o convingă altfel în ceea ce privea fiul ei.

Matt își ridică sprânceana stângă gânditor. Femeia avea foarte mult tupeu pentru o femeie care a fost încondeiată drept târfă. Femia îl surprindea tot timpul și nu-i plăcea acel lucru absolut deloc.

Se întoarse ușor spre clientul lui cu o privire interogativă. Bărbatul pur și simplu ridică din umeri.

-Nu am nici un interes să joc rolul de părinte pentru puștiul acela. Poți pregăti documentele, nu-i așa? îl întrebă el pe Matt.

Matt aprobă înclinând scurt din cap și se ridică de pe scaun.

-Mă voi întoarce în câteva minute. Pot să sper că nu veți începe să vă certați cât timp sunt plecat? întrebă el.

Purtarea femeii nu era naturală. Nu reproșa nimic, nu acuza și nici măcar nu implora. Se temea că ea va exploda în timp ce el era plecat din încăpere.

Nora se mulțumi să dea din cap, iar apoi, complet neinteresată de viitorul ei fost soț sau de avocatul aflat pe scaunul de lângă ea, își scoase telefonul celular și începu să verifice mesaje sau emailuri. Matt își scutură capul imperceptibil. Femeia aceea îl nedumerea enorm.

Apoi părăsi sala de conferințe pentru a-i cere juristului lui să pregătească documentele necesare și să le aducă în sala de conferință.

Nu îndrăznea să stea departe de sala de ședințe prea mult timp. Instinctele îi spuneau că ceva nu era în regulă și dorea să evite orice fel de evenimente urâte.

DILEMA LUI MATT

Se întoarse în sala de conferințe unde îl întâmpină tăcerea. Numai clientul său bătea darabana cu degetele pe masă. Fred Rhoades își verifica agenda, iar Nora stătea în picioare la fereastră admirând scuarul din spatele clădirii.

Ea își întoarse capul când el s-a întors, dar când Matt le-a spus că documentele vor fi gata curând, ea preferă să rămână lângă fereastră.

Următoarele cincisprezece minute au trecut la fel de greu de parcă ar fi fost ore. Matt a încercat să facă puțină conversație cu colegul său avocat, dar răspunsurile monosilabice ale lui Rhoades l-au enervat.

Clientul lui începuse să texteze cu cineva și se părea că se distra nemaipomenit. Viitoarea lui fostă soție nu părăsi deloc fereastra până ce juristul veni în încăpere cu documentele.

Apoi se apropie de masă, își scoase ochilarii de citit din geantă și, după ce a citit documentele cu atenție, le-a semnat cu demnitate.

Când a terminat, și-a strâns lucrurile în tăcere, pregătindu-se să plece.

-Doamnă Willow, o opri Matt, dar când îi văzu strălucirea batjocoritoare din ochi, se corectă imediat. Îmi cer scuze, am vrut să spun doamna Barnes. Juristul meu a adus aceste hârtii pentru tine. Ai aici informațiile necesare pentru ca să-ți schimbi numele și absolut tot ce mai ai nevoie să știi. Cum domnul Willow a renunțat la drepturile sale parentale, poți de asemenea să-i schimbi numele fiului tău dacă dorești, îi explică el.

-Trebuie să i-l schimb? întrebă ea, iar pentru prima oară, păru temătoare.

-Nu, nu eşti obligată să i-l schimbi, îi răspunse Matt cu bândeţe.

-Mulţumesc, spuse Nora şi îi întinse mâna.

Matt îi scutură mâna scurt. Pielea ei se simţea îngheţată, dar aceasta nu-l deranjă. Îl deranjă, însă, şocul eletric scurt pe care-l resimţi. Cum ochii lui erau fixaţi pe chipul ei, surpriza din ochii ei îi spuse că şi ea l-a simţit.

Matt păşi în spate, îşi aplecă capul spre ea şi apoi începu să-şi strângă dosarele. Uşa se închise cu un clic în urma ei, dar el nici măcar nu-şi întoarse capul.

CAPITOLUL 3

CÂND ÎI SUNĂ TELEFONUL, se opri sub straşina de la magazinul cu reviste. Avea un ziar sub braţ, iar în mâna sa stângă ţinea o umbrelă.

Canalul de ştiri meteo anunţase duşuri de ploi frecvente şi furtuni cu tunete şi fulgere pentru ziua aceea, iar el părăsise casa pregătit pentru ele. Meteorologii nu greşiseră în estimările lor. Turna cu găleata, iar fulgerul lumina cerul acoperit de nori grei.

Matt îşi scoase telefonul celular din buzunar şi verifică ecranul. Se încruntă. Becka îl suna rar în timpul dimineţii, iar el se temu că s-a întâmplat ceva rău. Îi văzuse numai cu două zile în urmă şi totul păruse în regulă.

-Hei, păpuşică, este totul în regulă? o întrebă Matt pe Becka.

-Am nevoie de ajutorul tău, spuse ea aproape pe nerăsuflate de parcă ar fi alergat să-şi protejeze viaţa.

-Ce s-a întâmplat? întrebă Matt, inima bătându-i nebuneşte, iar degetele i se crispară pe mânerul umbrelei.

Probabil că panica din vocea lui a ajuns la urechile Beckăi pentru că ea se grăbi imediat să îi spună:

-Oh, nu, Matt, nu s-a întâmplat nimic. Am fugit doar să găsesc un adăpost. Toarnă cu găleata, să știi. Iar eu nu pot să te sun de acasă. Am nevoie de ajutorul tău să-i cumpăr un cadou lui Bryan. Desigur, nu puteam să sun când el m-ar fi auzit, îl admonestă ea.

Matt răsuflă ușurat. Nici măcar nu-și dăduse seama că-și ținea respirația.

-Mulțumesc lui Dumnezeu, Becka. Mă speriasei, recunoscu el. Când vrei să cumperi acel cadou?

-Ești liber acum? Sunt în oraș și nu prea departe de biroul tău, îi răspunse ea.

-Nu sunt în birou. Știi magazinele de vis a vis de biroul meu? Acolo sunt. Am venit să-mi cumpăr un ziar și mă gândeam să merg să-mi iau o cafea sau ceva.

-Oh, Matt, este perfect. Poți ajunge la mall? Marea parte a magazinelor se vor deschide într-o jumătate de oră. Putem să luăm o gustare înainte de asta, spuse Becka cu entuziasm.

-Nu se va supăra Bryan dacă mănânci acum, iar apoi sari peste prânzul pe care l-a gătit? o întrebă Matt cu malițiozitate, ochii lui cutreierând de-a lungul străzii.

-Nu. Va găti cina azi, dar nu prânzul. Se presupune că eu iau prânzul la Universitatea Toronto, iar el va fi la dojo. A venit mama azi de dimineață să petreacă timp cu bebelușii, până ce mă întorc eu la trei, îi explică Becka.

-Bine atunci, Becka, atunci ne vedem. Hai să ne întâlnim la Timmies, cam într-un sfert de oră, da? acceptă Matt.

-Nemaipomenit, Matty. Știam eu că mă vei ajuta, replică ea cu entuziasm și deconectă apelul.

DILEMA LUI MATT

Matt oftă și se resemnă să se meargă pe jos prin ploaie spre mall. Își deschise umbrela și o porni în josul străzii, fluierând o melodie veselă. La semafor, traversă pe cealaltă parte a drumului, ca să se poată îndrepta direct spre mall.

Puțini pietoni trecură pe lângă el. Marea parte a oamnilor găsiseră adăpost pe undeva, așa că putea să se miște în voie. În marea parte a timpului, acea parte a orașului era înțesată de oameni.

Brusc, vântul se intensifică și aproape îi smulse umbrela din mână. Strânse mânerul în mână mai bine, iar apoi aplecă ușor umbrela pentru a se feri de ploaia care acum venea dintr-o parte.

Continuă sa avanseze cu încăpățânare, cu capul aplecat în jos, mormăind pentru sine însuși. Becka nu alesese o zi bună să meargă la cumpărături.

Auzi un strigăt supărat și își ridică privirea. La câțiva metri depărtare, o femeie cu un copil mic în brațe se lupta cu vântul. Umbrela i se rupsese, iar pungile îi căzuseră pe trotuar. Își adăpostea copilul cât de mult putea și acum încerca să-și adune lucrurile.

Matt se grăbi și-i strânse pungile de pe jos rapid. Își întinse mâna să i le dea și numai atunci îi văzu fața și aproape înghețá.

Nora Barnes îl privea cu precauție. Ploaia îi lipise părul roșu de față, gât și umeri. Rochia ei de vară era udă și lăsa foarte puțin pe seama imaginației. Îi arăta fiecare rotunjime a trupului ei și îi dezvăluia lenjeria de corp. Cu brațele ocupate de copilul care se agita, Nora încercă să își găsească echilibrul.

-Deci ne întâlnim din nou, doamnă Barnes, spuse Matt pe un ton tărăgănat.

-Da, aşa se pare, replică ea pe un ton indiferent, dar cu toate acestea, ochii ei îi trădau nervozitatea.

Încercă să ia pungile din mâna lui, dar el le trase înpoi spre sine. Ea se încruntă. Buzele i se despărţiră, iar faţa ei arăta că gestul lui o nedumerea. Acţiunile lui păreau lipsite de sens.

-Ce faci afară în ploaia aceasta cu copilul? întrebă Matt, iar vocea lui era departe de a fi prietenoasă. Aceasta nu este acţiunea responsabilă a unui părinte, observă el.

El micşoră distanţa dintre ei pentru a putea ţine umbrela deasupra capului copilului. Fără nici cea mai mică plăcere, o protejă şi pe ea de ploaie.

-Ei bine, părinţii nu pot dicta vremea, domnule Winston, îi replică ea cu sarcasm. Şi sunt părinţi care chiar trebuie să meargă la muncă şi să-şi lase copiii la creşă dacă nu există cineva acasă care să aibă grijă de ei.

-Ha! Nu aş fi crezut că îţi vei găsi o slujbă atât de repede, spuse Matt cu maliţiozitate.

Nu credea că tipul acela de femeie ar fi căutat o slujbă. În general, cineva ca ea s-ar fi uita imediat în jur pentru a găsi un alt fraier să-i plătească facturile.

-Nu că este treaba ta, dar am avut această slujbă de peste şapte ani, îi răspunse Nora iritată.

Ar fi preferat să-şi ţină gura închisă şi să-l lase să creadă ce dorea, dar îi era teamă că el va considera că nu era o mamă bună şi el chiar ar fi avut mijloacele şi puterea de a o face să-şi piardă copilul.

Matt se încruntă. Nu era posibil ca ea să fi avut un serviciu de-a lungul ultimilor şapte ani.

-Nu sunt unul dintre bărbaţii pe care i-ai vrăjit, doamnă Barnes, aşa că nu cred chiar tot ce-mi spui.

Ea doar ridică din umeri, iar apoi spuse:

-Acesta este prerogativul tău. Trebuie să mă scuz, domnule Winston, dar chiar trebuie să ajung cu Nathan la creşă. Am mai multe lucruri de care să mă ocup înainte să-mi înceapă schimbul astăzi, şi chiar nu îmi pot petrece toată ziua aici în stradă cu tine.

Gene lungi îi umbreau ochii verzi, iar picăturile de ploare ce atârnau de ele îl distrăgeau. Verdele irişilor îi aminteau de poienile bogate pe care le văzuse în Scoţia cu ani în urmă.

-Domnule Winston, repetă ea mai tare, chiar trebuie să mergem.

-Hmm, îmi cer scuze. Pur şi simplu m-am pierdut în gânduri câteva secunde. Încotro vă îndreptaţi?

-Tocmai ţi-am spus, la creşă, spuse ea printre dinţii strânşi.

Nora nu înţelegea ce se întâmpla cu el, dar nu avea timp să analizeze reacţiile lui bizare. Avea prea multe lucruri de făcut pe ziua aceea. Tocmai terminase cu programarea la doctorul lui Nathan pe care o avusese în dimineaţa aceea.

-Am priceput asta, se răsti el. Dar unde? În ce direcţie?

-Asta nu este treaba ta, replică ea.

-Mi-e teamă că este treaba mea, doamnă Barnes, îi răspunse el cu severitate, iar ochii lui o priveau fix, ceea ce o deconcertă.

Temătoare, arătă spre intrarea în mall.

-Trebuie să luăm trenul.

-Bine, te conduc acolo, spuse el.

Fără a da drumul la pungile ei, el îşi trecu un braţ pe după ei doi şi îi adună sub umbrela lui pentru a-i îndrepta spre intrarea mallului. Un fior uşor îi traversă femeii corpul şi el simţi vibraţia în palma care de asemenea ţinea umbrela deasupra capetelor lor.

Nora nu protestă, deşi era foarte furioasă. Era mânioasă din cauza ploii, dar şi din cauza lui. Era furioasă pentru că-i era teamă prosteşte că el va face ceva să-i ia fiul de lângă ea.

-De ce faci asta? îl întrebă ea pe un ton frustrat.

-Pentru că pot, îi răspunse el calm, iar când ea se opri pe loc şocată de replica lui nonşalantă, el doar o împinse uşor înainte.

CÂND AJUNSE LA TIMMY'S, Becka se găsea deja la o masă din colţ. Cum ea avea deja două ceşti cu cafea şi două sendvişuri pentru micul dejun pe masă, Matt nu se mai opri la contoar. Tânăra femeie părea pierdută în gânduri şi nici măcar nu-i remarcă sosirea.

-Hei, păpuşică. Ce e cu faţa asta lungă?

-Ce faţă lungă? îi zâmbi ea, ridicându-se, şi îl îmbrăţişă cu căldură. Nu am nici un motiv să am o faţă lungă. Doar mă gândeam, îl asigură ea.

Îşi atacară sendvişurile, iar după prima îmbucătură, Becka începu să-l pizeze cu întrebări.

-De ce ţi-a luat atât de mult să ajungi aici?

El ridică din umeri şi abia apoi îi răspunse:

-M-am întâlnit cu cineva cunoscut şi am schimbat câteva cuvinte, atâta tot.

-Cum se face că nu eşti ud? se minună Becka, privindu-l de sus până jos. Nu ai nici măcar umbrelă. Eu m-am udat şi aveam şi umbrelă, remarcă ea şi îi arătă petele umede de pe bluza ei.

-Am avut o umbrelă, dar am dat-o acelui cuiva, îşi flutură el mâna pentru a-i îndepărta întrebarea ca şi cum nu ar fi fost foarte importantă.

DILEMA LUI MATT

O obligase pe Nora să-i accepte umbrela. S-au luptat și au împins nenorocita aia de umbrelă de la unul la altul timp de câteva minute din câte își amintea el.

Pentru o femeie atât de mică, era foarte îndărătnică. Într-un fel îi amintea de Becka, dar Becka avea o anumită dulceață care îi lipsea Norei.

Matt nu știa dacă era din cauza diferenței dintre vârstele lor, dar femeia părea cumva înăsprită. Becka nu va ajunge niciodată să fie așa. Cu Bryan alături de ea, Becka își va păstra mereu seninătatea ei și o anumită inocență.

Becka sorbi din cafeaua ei, dar ochii ei stăteau fixați gânditori asupra lui Matt. Părul său negru, umbra bărbii lui și ochii săi de un albastru închis, precum și felul impresionant în care era clădit, întotdeauna îl făcuseră să fie favorizat de către femei. Cu toate acestea, în ultima vreme, nici măcar nu mai ieșea la întâlniri. Avea ea o idee de ce, dar spera că se înșela. Nu înțelegea de ce Matt s-ar sabota pe el însuși.

-Totul este în regulă, Matt? îl întrebă ea, atingându-i mâna cu a ei.

-Da, de ce? își ridică el privirea la ea.

Pentru un moment numai, se pierduse în propriile lui gânduri.

-Nu știu. Este ceva în legătură cu tine, știi. Și nici măcar nu te-ai bărbierit...

-Ah, asta, zâmbi el malițios. Nu trebuie să mă întâlnesc cu nici un client astăzi, păpușă, așa că am decis să nu mă mai obosesc. Nu citi mai mult decât ar trebui în toată chestia asta, o asigură el, bătând-o pe mână.

Își termină sendvișul, își bău cafeaua aproape dintr-o singură înghițitură, iar apoi o întrebă:

-Deci ce spuneai despre acel dar pentru Bryan? Care este ocazia?

-Ah, asta, spuse Becka, începând să strângă ambalajele. Pe 23, este ziua de naştere a lui Bryan. Am vrut să dau o petrecere pentru el, dar a refuzat. L-am întrebat dacă aş putea invita măcar câţiva veri, iar el a spus, da, desigur, dacă doream companie, dar nu pentru aniversarea lui. Nu pare prea în largul lui cu o asemenea idee. Cred că nimeni nu i-a celebrat aniversarea vreodată, ştii? spuse Becka cu tristeţe.

-Atunci ai putea tu să o sărbătoreşti cu el. Doar voi doi. O seară romantică, cu ceva de băut – oh, scuze, am uitat că tu nu bei, îi zâmbi el cu remuşcare.

-Ştiu, dar aş putea doar sorbi un strop de şampanie, cred. Doar să toastez pentru el, spuse ea, pe o voce nesigură.

-Da, ai putea face asta. Nu le va face rău nici bebeluşilor şi nici ţie, sunt sigur.

-Şi aş vrea să-i cumpăr un cadou. Mă gândeam la ceva practic, pe care el să-l folosească, şi ceva aşa mai fantezist, doar pentru amuzament. Dar nu vreau să-i cumpăr o cămaşă sau o cravată, se scutură ea. Oh, Doamne, imaginează-ţi-l pe Bryan cu o cravată!

Matt râse, deşi Becka avea dreptate. Bryan nu purta cravată. Niciodată. Vrusese să poarte una pentru nunta lor, dar Becka a refuzat pentru că nu voia ca el să nu se simtă în largul lui în acea zi. Bryan a fost, probabil, unul dintre puţinii miri care nu au purtat o ţinută formală la o nuntă mare.

Matt se gândi câteva minute, iar apoi îi spuse:

-Ştiu ce ai putea face pentru el. Ai putea să-i organizezi o mică sală de gimnastică la demisol. În încăperea aceea de lângă spălătorie. Ai putea pune un sac de box, o bandă de alergat şi un aparat complex pentru gimnastica acasă – am văzut eu unul. Oferă posibilitatea de a executa treizeci de exerciții. O sală de genul ăsta ar fi perfectă pentru el în zilele în care nu se poate duce la dojo.

-Ești un geniu, Matty, sări Becka de pe scaunul ei și îi dădu un pupic zgomotos pe obraz. Mă gândeam la ceva similar, dar nu știam exact ce să fac. Știi doar că nu am nici un fel de experiență cu așa ceva, recunoscu ea.

-Mda, știu, surâse Matt.

Își amintea de una din vizitele Beckăi la el în casă cu câțiva ani în urmă. Vrusese să-i încerce banda de alergat. Pur și simplu căzuse și fusese aruncată cât colo. I-a fost destul de dificil să-i explice unchiului său toate vânătăile de pe trupul fiicei lui. Mai mult de jumătate de an nu i s-a permis să le viziteze casa.

-Știu unde ar trebui să mergem să cumpărăm tot ce ai nevoie. Acum, problema este cum instalăm totul fără ca să afle înainte de vreme, desigur, spuse Matt.

-Păi, dacă ne grăbim, spuse Becka verificându-și ceasul, am avea la dispoziție vreo cinci ore pe total. Aceasta înseamnă să cumpărăm totul și să aranjăm și sala de antrenament. Ar fi posibil? întrebă ea, fixându-și ochii largi și imploratori asupra lui.

-Desigur, putem să facem totul. Asta dacă nu risipim timp să căutăm acel lucru fantezist despre care vorbeai, specifică el, ridicându-se în picioare.

Becka își flutură mâna, iar apoi înhăță tava înainte ca Matt să o poată lua.

-Am eu grijă de asta, Matt. Și nu, nu voi cumpăra acel lucru fantezist astăzi. Pentru chestia aceea nu am nevoie de sfaturi, îi explică ea.

-Atunci putem să o facem, trase el concluzia, iar după ce ea se îngriji de tavă şi de ambalaje, îi luă mâna şi o conduse spre magazinul pe care îl avea în minte.

CAPITOLUL 4

CÂND ALARMA DE LA CEASUL deșteptător sună, Matt se trezi mormăind, apoi mârâi și o opri cu o plesnitură violentă. Se ridică în șezut și își frecă fața, încercând să scape de nisipul pe care-l simțea în ochi, iar apoi își ciufuli părul, trecându-și degetele prin el.

Aruncă o privire la ceas și se încruntă. Nu dormise decât trei ore și lipsa de somn îi înconjurase creierul cu o ceață densă.

Coborî din pat și se îndreptă spre baie, întrebându-se, în același timp, unde se duseseră zilele când nu avea nevoie de mai mult de o oră sau două de somn.

Se sprijini de lavoar și îndrăzni să arunce o privire la imaginea sa reflectată în oglindă, dar imediat își regretă gestul. *Oh, omule.* Aproape că nu se recunoscuse în bărbatul care îi întorcea privirea din oglindă.

Când naiba am îmbătrânit atât de mult? Fruntea îi era marcată de linii, iar umbre nergre îi încercuiau ochii. Barba lui de-o zi ascundea bărbatul civilizat pe care îi plăcea să-l arate lumii.

Își scutură capul cu nedumerire. Cu nici șase ani în urmă, putea petrece toată noaptea, iar apoi, putea merge la tribunal a doua zi, cu mintea limpede și capabilă să se concentreze pe caz. Desigur, nu mai petrecuse în felul acela de atunci.

Reflectând la acel mister, deschise robinetul şi îşi luă periuţa de dinţi. Periându-şi dinţii, se gândi că era destul de norocos pe ziua aceea. Cel puţin nu avea o zi de petrecut în sala de judecată şi, dacă îşi amintea corect – ceea ce era cam sub semnul întrebării în acel moment, dacă era să ia în calcul ceaţa din mintea lui, nu avea nici un fel de întâlniri programate cu clienţii.

Ochii i se îngustară până ce ajunseră două fante înguste. *De ce naiba m-am trezit atunci? Aş mai fi putut dormi câteva ore.*

Cu o zi înainte, Bryan a fost atât de fericit din cauza cadoului Beckăi, încât a cedat şi a acceptat propunerea ei de a avea o petrecere de ziua lui. Nu au invitat prea mulţi oameni, doar pe Jay şi Matt, şi vreo doi dintre amicii lui Bryan.

Cu toate acestea, au petrecut până la patru dimineaţa, iar Matt a ajuns acasă şi în pat numai după patru şi jumătate, ceea ce explica de ce avea ochii congestionaţi şi de ce îi era gura uscată iască. Oglinda nu-l flata deloc în dimineaţa aceea, iar trupul lui de bărbat de peste treizeci de ani protesta la lipsa de odihnă.

Matt îşi aminti că se simţea astfel numai când avea o mahmureală. Cu toate acestea, ştia că nu băuse nimic altceva decât vreo două beri şi un pahar de şampanie în noaptea trecută. În mod obişnuit putea bea mult mai mult fără să se îmbete.

Periatul dinţilor i-a îmbunătăţit destul de mult starea de spirit, aşa că făcu un duş lung, care îl ajută să se simtă aproape el însuşi din nou. Se gândi să se bărbierească, dar împinse gândul undeva în subconştient cu dezgust.

DILEMA LUI MATT

Nu trebuia să impresioneze pe nimeni şi nu era prea entuziasmat să piardă zece minute numai pentru aceasta. Putea trăi cu barba aceea încă o zi. *Am auzit că iar sunt bărbile la modă, aşa că ...*

Stomacul îi protestă şi Matt deschise frigiderul, gândindu-se că i-ar face bine să mănânce un sendviş sau orice altceva. Ochii i se opriră pe roşia singuratică, uitată pe un raft. *Mai rău decât Sahara pe aici*, se posomorî el şi trânti uşa de la frigider.

Nu-şi amintea când s-a dus la cumpărături ultima oară. O căutare rapidă prin dulapurile de bucătărie îl deprimă şi îl făcu să înşface cheile de la maşină, hotărât să se îndrepte spre primul Timmy pe care îl putea găsi.

DEJA STĂTUSE LA COADĂ de mai bine de un sfert de oră. Coada se mişca încet, iar nevoia crescută de cafeină îi aduse o lucire metalică în ochi. Cu ochii îngustaţi, îl îndemna mental pe casier să se mişte mai repede.

Matt înţelegea că tipul era în perioada de instruire şi că avea propriile lui limite, dar nu înţelegea logica de a folosi în orele de vârf un tânăr care abia învăţa cum stăteau lucrurile.

Ce deştept a crezut că asta ar fi o bună mişcare pentru afaceri? Clar, aceasta este o locaţie pe care să o evit pe viitor. Putea găsi un Timmy nu departe de biroul său.

Toată lumea era nervoasă. Toți erau în grabă să ajungă la muncă și o mulțime de comentarii neplăcute zburau prin jur. Nemulțumirea escalada din ce în ce mai mult, dar cu toate acestea nu deranja pe nici unul dintre angajații care se plimbau de colo colo fără un țel specific.

Oboseala și foamea lui Matt îl făceau mai puțin binevoitor față de tânărul bărbat care se mișca cu viteza fulgerătoare a unei broaște țestoase. Matt mai avea încă doi clienți în față și începu să își zdrăngăne cheile de la mașină în buzunar cu nerăbdare.

După alte cinci minute pline de agonie și după un șirag de cuvinte dulci adresate mental tânărului angajat, Matt, în sfârșit, reuși să-și dea comanda și să-și ia cafeaua.

Se trase la o parte pentru a-și aștepta sendvișul și se bucură la gândul de a gusta cafeaua neagră pentru care așteptase atât de mult timp.

Matt abia sorbi din cafeaua sa când telefonul său celular îi vibră în buzunar. *Acum ce mai e?* mormăi el. Puteau să aștepte ca măcar să se fi bucurat de cafea mai întâi.

Cu resemnare, scoase telefonul din buzunarul său și verifică ecranul: Spitalul St. Michael's. Se încruntă mai întâi, dar apoi implicațiile îl loviră în piept cu putere. Cineva apropiat era rănit. Imediat uită de cafeaua lui.

-Alo, aici este Matthew Winston, vocea lui gravă anunță.

-Domnule Winston, sunt ofițerul James Preston. Cunoașteți o Nora Barnes, domnule?

Matt își încleștă degetele pe telefon. Da, o cunoștea pe Nora Barnes, dar nu înțelegea de ce poliția l-ar suna pe el.

-Domnule? se auzi vocea întrebătoare a ofițerului de poliție pe linie.

-Da, ştiu o Nora Barnes, îşi regăsi Matt vocea. De ce? întrebă el.

-Aţi putea veni la spitalul St. Michael's? evită ofiţerul să-i dea un răspuns direct. Voi fi la intrarea de la camera de gardă, specifică el.

Lui Matt îi displăcu maniera oarecum vicleană a poliţistului, dar nu putea refuza să meargă la spital. Avea un presentiment neplăcut în ceea ce privea motivul acelui apel.

-Ar trebui să ajung acolo în maximum zece minute, confirmă el şi deconectă apelul.

Uitând complet de sendvişul său, Matt era pe picior de plecare când i s-a strigat numărul. Ridică din umeri şi îşi luă sendvişul şi cafeaua, iar apoi părăsi cafeneaua.

Ezită în faţa cafenelei pentru o clipă, reflectând dacă ar fi fost înţelept să-şi ia maşina din parcare sau nu. Apoi, se gândi mai bine.

Mă îndoiesc că există vreun spaţiu de parcare acolo. Mai bine o las aici, se gândi el şi se duse să mai adauge bani în automatul de parcare.

MATT INTRĂ ÎN SPITAL plin de nelinişte. Avea oroare de spitale şi nu îi stătea în obicei să viziteze nici unul, dacă nu era internat unul dintre membrii de familie. Atunci nu avea loc de întors.

Ofiţerul Preston, un bărbat solid, cam de peste patruzeci de ani, aştepta lângă intrare, vorbind cu paznicul. Probabil că făcuse vreo glumă, pentru că paznicul râdea tare, fără să arate nici un fel de respect faţă de oamenii bolnavi care aşteptau la câţiva paşi mai încolo.

-Sunt Matthew Winston, spuse el, parcurgând distanţa dintre el şi cei doi bărbaţi. M-aţi sunat, îi spuse el ofiţerului de poliţie care îl privea de parcă ar fi fost un exponat de muzeu. *Cred că din cauza bărbii*, se gândi Matt.

-Oh, da, domnul Winston, îl salută ofiţerul. Haide să megem în acel colţ acolo să putem vorbi fără a fi auziţi, propuse el, îndreptându-şi degetul spre o parte a sălii de aşteptare.

Matt scrâşni din dinţi. El, unul, voia să audă de ce a fost chemat şi nu-i păsa nici cât negru sub unghie că cineva i-ar fi auzit.

-Înţeleg că o cunoaşteţi pe doamna Barnes, declară ofiţerul.

-Da, o cunosc. Deja am spus aceasta, replică Matt, iar degetele i se strânseră în pumni.

Lucrase cu poliţia înainte, dar acest ofiţer de poliţie în particular nu avea nici un fel de remuşcare că îi risipea timpul.

-Ştiţi că este paramedic, presupuse ofiţerul, iar Matt se mulţumi numai să dea din cap.

Nu ştia nimic de genul acela, desigur. Nu fusese suficient de interesat ca să-i verifice trecutul, dar dorea ca ofiţerul să continue cu relatarea sa şi nu credea că dacă ar fi negat, ar fi câştigat timp.

-Am fost chemaţi la o scenă azi dimineaţă. Persoana care a sunat a spus că aveau nevoie şi de poliţie, dar şi de o ambulanţă pentru că erau oameni răniţi, explică ofiţerul şi îşi frecă mustaţa. Doamna Barnes şi colegul ei au ajuns acolo cu câteva minute înainte să ajungă mașinile de poliție. Cel care folosise pistolul nu părăsise încă scena, înțelegeți, continuă bărbatul, și amândoi au fost împușcați.

Lui Matt îi înghețăsângele în vene și își înfundă mâinile în buzunare. Mâinile îi tremurau, iar el își încleștă pumnii pentru a și le putea controla. Ochii săi de un albastru închis căpătaseră o tentă metalică.

-Acum, continuă ofițerul, Jack Nolan, partenerul doamnei Barnes, nu a fost rănit foarte rău. Glonțul nu i-a atins artera. Era încă conștient când am ajuns la locul faptei și încerca să ajungă la doamna Barnes. Ea nu a fost la fel de norocoasă, spuse ofițerul pe un ton plat. A fost lovită de două gloanțe în piept, unul în piciorul stâng și unul în brațul stâng. Cel care trăgea era furios din cauza unei femei. Acea femeie reușise să fugă, așa că el și-a exprimat furia pe doamna Barnes, spuse Preston fără nici un fel de inflexiune în voce.

Matt înghiți cu greu și își trecu degetele nesigure peste frunte. Nu i-o fi plăcut lui Nora Barnes prea mult, dar o văzuse numai cu două zile înainte și era bine. Nu-și putea imagina acea femeie atât de tânără și liniștită zăcând pe o lespede la morgă.

-A murit? reuși el să întrebe printre dinții strânși.

-Nu, nu vă îngrijorați încă. Este încă în viață. Este în sala de operații, dar în viață. Cu toate acestea, doctorii au fost cam rezervați în ceea ce privea prognoza, dar... În fine, am vorbit cu Jake Nolan și el a menționat două lucruri. Mai întâi că doamna Barnes are un fiu, spuse ofițerul numărând pe degete.

-Da, Nathan. Este în jur de trei ani, replică Matt pe o voce răgușită, în același timp masându-și șaua nasului.

-Da, asta a spus şi Nolan, aprobă Preston dând din cap. Acum, se pare că doamna Barnes este o angajată preţuită şi din cauza aceasta există ceva îngăduinţă în ceea ce priveşte turele sale. Lucrează ture modificate sau cam aşa ceva. A aranjat cu directorul ei să poată pleca la opt şi jumătate să-şi ia fiul de acasă şi să îl ducă la creşă. Are o vecină pe care o plăteşte să stea cu copilul după ce ea pleacă la cinci treizeci dimineaţa, dar femeia aceea trebuie şi ea să plece la muncă la nouă şi un sfert sau cam aşa ceva, spuse el şi îi aruncă lui Matt o privire plină de înţeles.

-Înţeleg, replică Matt, pentru că ofiţerul de poliţie părea să aştepte un răspuns de la el.

-Nolan spune că ea nu are pe nimeni să o ajute. În trecut, ea i-a spus lui Nolan că trebuia să se grăbească spre casă pentru că vecina fusese foarte clară că nu o va aştepta. Nolan de asemenea spune că doamna Barnes este hotărâtă să nu aibă copilul luat de serviciile sociale, înţelegeţi, îi explică Preston.

-Da, înţeleg, replică Matt respectuos, întrebându-se încotro se îndrepta omul cu toată trăncăneala aceea.

-Am vorbit cu Nolan, care, apropo, este cu partenerul meu acum, se gândi el să precizeze, iar Matt doar se holbă la el.

De ce naiba ar crede el că mă interesează cine este cu Nolan? Nici măcar nu-l cunosc pe acel Nolan. Probabil una dintre cuceririle Norei, reflectă el cu răutate. Se simţea foarte crud şi răutăcios, în acelaş timp.

-Nolan ne-a implorat să nu lăsăm copilul să meargă la serviciile sociale, iar doctorul a spus că dacă doamna Barnes ar supravieţui, ar fi necesar ca ea să nu se îngrijoreze defel, iar acest lucru cu copilul ar îngrijora-o, cu siguranţă, garantat, ofiţerul aprobă dând din cap.

Matt continua să se holbeze la el. Chiar nu înţelegea ce dorea omul de la el.

-Deci? întrebă el, iar o migrenă începu să bată darabana în tâmplele lui.

-Nolan nu ştia pe nimeni apropiat de doamna Barnes. Înţeleg că părinţii ei au murit. Este complet înstrăinată de fostul soţ, care considera că pruncul nu era al lui şi de aceea nu voia să aibă nimic de-a face cu el.

-Da, şi? întrebă Matt cu şi mai multă forţă pentru că ajunsese deja la capătul răbdării.

-Păi, Nolan şi-a amintit că v-a menţionat pe dumneavoastră, Matthew Winston, acum două zile. Ne-a spus că ea s-a plâns de comportamentul dumneavoastră dominator şi i-a spus că aţi obligat-o să vă ia umbrela şi alte chestii de genul acesta. Aşa că Nolan a crezut că sunteţi prietenul ei, spuse ofiţerul, iar ochii lui Matt se lărgiră din cauza şocului.

-Am căutat prin geanta ei şi am găsit nişte hârtii cu antetul dumneavoastră, aşa că am sunat la numărul de la biroul menţionat acolo. Cei de la birou ne-au dat numărul dumneavoastră personal de telefon, înţelegeţi, explică ofiţerul.

-Da, înţeleg, spuse Matt cu o voce obosită. Deci acum ce vreţi să fac eu? întrebă el pe o voce pragmatică.

Cu toate acestea, inima i se strânse în piept, iar deodată, i se păru că nu avea suficient aer.

-Ştiam eu că putem conta pe dumneavoastră, îl bătu Preston pe umăr, iar apoi râse.

CAPITOLUL 5

DE DATA ACEASTA, ÎN completă opoziţie cu obiceiul său, Matt nu dădu buzna în casa Beckăi şi a lui Bryan. Nici măcar nu i-a trecut prin minte să verifice dacă uşa de la intrare era încuiată sau nu. Era tot şocat şi nu putea reacţiona normal. Apăsă pe butonul soneriei, iar apoi aşteptă răbdător ca cineva să vină şi să-i deschidă uşa.

Mintea sa era într-un tumult continuu, iar el nu se putea concentra pe absolut nimic în mod specific. Lumea i se întorsese cu capul în jos în câteva ore, iar el nu putea face nimic altceva decât să încerce să menţină o faţadă de calm. Cu toate acestea, era departe de a fi calm.

Bryan deschise uşa cu un zâmbet pe buze. Zâmbetul îi dispăru imediat ce ochii îi căzură pe ghemul de om pe care Matt îl ţinea în braţe.

Nu putea vedea nimic altceva decât un moţ de păr castaniu-roşcat pe capul copilului mic. Părul aestuia îi stătea ţepos în toate direcţiile, iar chipul îi era ascuns în cămaşa lui Matt.

-Hei, îi salută Bryan pe amândoi cu o voce blândă şi un zâmbet mic, deşi deja observase furtuna care mustea în ochii lui Matt. Vreţi să intraţi? întrebă el când Matt nu-i răspunse.

Matt, care nu era încă capabil să vorbească, dădu scurt din cap şi, trecând pe lângă Bryan, intră în casă. Bryan îşi scutură capul, iar apoi, închise uşa în urma lui.

-Hai să ieşim pe terasă. Am decis să luăm un brunch azi, îi explică Bryan lui Matt doar ca să umple liniştea. Becka nu are cursuri pe ziua de azi, iar eu mi-am luat dimineaţa şi jumătate de după-masă liber, continuă el.

Matt nu părea să audă nici măcar un cuvânt.

Bryan îşi dădu seama de starea de spirit ciudată a lui Matt şi nu voia să-l împungă de la spate. Întotdeauna ştiuse că Matt era foarte profund, iar calmul său era o simplă ficţiune. El mereu fusese convins că Matt va exploda într-o bună zi, iar el îşi propusese să fie cât mai departe de el când acel lucru urma să se întâmple.

-Uite, cine a venit în vizită, Becka, îi spuse Bryan soţiei sale pe un ton vesel, oprindu-se lângă Matt.

Copilul continua să se ţină strâns de gâtul lui Matt şi nu îndrăznea să privească în jur. Bryan observă piciorul îndesat al unei jucării de pluş apărând dintre corpul copilului şi Matt.

-Bună, Matt, spuse Becka blând, ridicându-se de pe scaun şi venind spre el.

Îi atinse obrazul, îl privi drept în ochi şi îşi scutură capul.

-De ce nu luaţi voi doi loc? îi invită ea. Şi poate că poţi să ne prezinţi micului tău prieten.

Matt îşi aplecă capul şi luă loc, dar copilul rămase agăţat de el. După ce îi şopti câteva cuvinte, îl convinse pe băiat să stea în poala lui şi să se întoarcă cu faţa spre verii săi.

-Acesta este Nathan, pe scurt Nat, le spuse Matt. Nat, aceştia sunt verii mei, Becka şi Bryan. Sunt oameni buni, nu te teme, spuse el, mângâind capul copilului.

DILEMA LUI MATT

-Ţi-ar place o prăjitură? îl întrebă Becka pe Nat. Bryan coace cele mai bune prăjiturele din lume, continuă ea pe un ton vesel şi îl făcu pe copil să zâmbească timid.

Când îi prezentă o farfurie cu prăjiturele, Nat alese cu grijă şi începu să ronţăie prăjitura cu ciocolată imediat.

-Cred că ţi-ar place şi nişte lapte, ghici Bryan şi îi turnă o ceaşcă cu lapte pe care i-o înmână lui Matt.

Matt luă ceaşca, dar îngheţă pentru un moment. Bryan îi susţinu privirea şi, uşor, uşor, Matt îşi reveni cât de cât la normal şi îl ajută pe Nat să bea din lapte. Când băiatul împinse ceaşca la o parte, Matt râse – o mustaţă albă apăruse deasupra buzei superioare a copilului.

-Câţi ani ai? îl întrebă Becka pe Nat.

Băiatul o analiză cu grijă, iar apoi îi arătă trei degete.

-Oh, ai deja trei ani, exclamă ea veselă din nou. Eşti un băiat mare, nu mai eşti un bebeluş, spuse ea cu uimire exagerată.

Nat dădu din cap serios, iar Matt îl mângâie pe cap.

-Mai vrei lapte? îl întrebă el pe copilul care deja îşi terminase prăjitura.

Nat scutură din cap, iar apoi privi în jur.

-Ai vrea să alergi prin grădină? îl întrebă Matt. Nu este o problemă, nu-i aşa? o întrebă el pe Becka.

-Da, desigur că nu este o problemă, spuse ea. Este toată a ta, Nat, îl invită ea pe copil să ia control asupra grădinii.

Chipul băiatului se lumină de plăcere, iar el se agită în poala lui Matt ca să-i dea drumul. Matt îl coborî la pământ, iar el ţâşni în fugă pe cât de repede îi permiteau picioarele lui scurte către prima grămadă de flori colorate. Ghemuindu-se pe vine, le atinse petalele cu uimire, dar, în ciuda acelui fapt, tot nu-i dădu drumul ursuleţului de sub braţul său.

-Să discutăm acum sau...? îl întrebă Becka pe Matt.

Matt îşi scutură capul, cu ochii săi mereu pe băiat.

-Trebuie să se culce curând, cred. Copiii mici dorm în timpul zilei, nu-i aşa? întrebă el, întorcându-se spre ei.

Bryan îi zâmbi şi ridică din umeri.

-Nu e ceva ce aş şti. Nu am avut nici un fel de experienţă cu alţi copii, decât ai mei, iar ai mei mai au ceva vreme până ajung la vârsta lui.

-Putem să o sunăm pe mătuşa Marjorie sau pe mama, propuse Becka, dar Matt îşi scutură capul.

-Nici gând. Nu vreau ca ei să ştie despre el deocamdată. Dacă devine necesar mai târziu, le voi spune atunci, dar nu acum, repetă el cu încăpăţânare.

-Atunci putem verifica pe internet, propuse Becka.

-Asta-i o idee bună, spuse Bryan. Mă duc să aduc laptopul, anunţă el, intrând în casă.

Becka şi Matt îl aşteptară în linişte. Nat mormăia ceva către o floare, dar nici unul dintre ei nu înţelegea ce spunea. Respiraţia regulată a gemenilor se auzea prin monitorul pe care Becka îl pusese pe colţul mesei mai devreme.

Bryan se întoarse cu laptopul şi cu un bloc notes să ia notiţe.

-Îmi imaginez că ai vrea să ştii mai mult decât dacă doarme în timpul zilei, explică Bryan prezenţa bloc notesului. Putem lua notiţe pentru tot ce este mai important. Este o lecţie bună şi pentru Becka şi pentru mine, de asemenea.

Becka şi Matt aprobară amândoi dând din cap şi cei trei adulţi îşi începură cercetarea despre programul şi rutina unui copil mic, tot timpul aruncându-şi privirile spre copilul care se distra grozav vorbind cu florile şi insectele peste care dădea.

DILEMA LUI MATT

O jumătate de oră mai târziu, Nat veni la Matt și îl înghionti.

-Da, amice, ce este? întrebă Matt.

-Tu citești, spuse băiatul.

Matt păru confuz câteva secunde, dar Becka interveni.

-Cred că Nat vrea să-i citești. Asta vrei, nu-i așa Nat? îl întrebă ea pe copil.

Nat dădu din cap viguros, întinzându-și brațele să fie luat în brațe, iar Matt oftă. Se ridică și îl luă în brațe, iar apoi le spuse Beckăi și lui Bryan:

-Mi-a cerut să iau câteva cărți cu noi. Sunt în mașină. Mă întorc imediat.

-Nu te mai obosi, îl opri Bryan. Dă-mi mie cheile, spune-mi unde sunt cărțile și mă duc eu să le aduc.

-Asta chiar că-i o idee mai bună, acceptă Matt și îi înmână cheile lui Bryan.

El se așeză înpoi pe scaun cu Nat în poala sa.

-Bryan va aduce cărțile, iar tu vei alege una. Dar numai una, spuse el pe un ton autoritar, când o lumină lacomă străluci în ochii copilului.

Ochii îi erau ațintiți pe copil când râsul muzical al Beckăi îi ajunse la urechi. Se întoarse spre ea și observă că se amuza pe seama lui.

-Becka! o avertiză el.

-Hai, Matt, ești atât de amuzant. Și chiar pot să văd că vei fi un tată bun, adăugă ea pe un ton serios, iar Matt se albi la cuvintele ei.

-Nici măcar nu glumi pe acest subiect, Becka. Acest subiect este interzis, argumentă el.

-Dacă spui tu, ridică ea din umeri.

CAPITOLUL 6

-ÎN SFÂRŞIT, A ADORMIT. Mulţumesc că mi-aţi împrumutat monitorul acela, spuse Matt arătând spre cel de-al doilea monitor de pe masa de pe terasă.

-Nu îţi fă probleme, răspunse, Bryan, nu e mare lucru. Am cumpărat patru ca să fim siguri că avem unul care funcţionează dacă s-ar fi întâmplat ceva, aşa că...

-Oricum..., începu Matt, dar Becka îl opri atingându-i mâna.

-Uită despre monitor, Matt, şi spune tot, insistă ea, iar Bryan zâmbi.

Îi plăcea să o vadă pe Becka comportându-se cu autoritate. Atitudinea ei era în atât de mare contrast cu silueta ei mică încât îl amuza nespus.

Matt le explică despre Nora şi ce s-a întâmplat în acea dimineaţă.

-A trebuit să merg să iau copilul. Femeia aceea nu are pic de conştiinţă, omule. Am ajuns acolo exact când ieşea pe uşă. Nici măcar nu îi păsa că-l lăsa pe băiat singur, spuse Matt, iar vocea îi tremură de furie. Şi evident mi-a şi cerut să o plătesc pentru timpul pe care l-a petrecut acolo. Ce fel de mamă îşi lasă copilul cu cineva ca ea?

-Probabil că o mamă care nu avea altă alegere, replică Bryan cu blândeţe. Femeia aceea a maltratat copilul?

-Nu, dar...

-Şi probabil că Nora inteţiona să fie înapoi la timp, îi reaminti Becka. Înţeleg că şi-a aranjat tura ca să aibă destul timp la dispoziţie să se întoarcă acasă şi să-l ia pe Nat, înainte ca acea femeie să plece.

-Dar ar fi trebuit să se gândească că ar putea fi rănită, insistă Matt cu încăpăţânare. Cu tipul ei de slujbă...

-Nu în mod necesar, Matt, îl contrazise Bryan. Nu e ca şi cum ar fi în linia focului tot timpul. Probabil că a fost prima dată când aşa ceva i s-a întâmplat, să ştii.

-Eu cred, spuse Becka gânditoare, că tu o displaci din cauza felului în care a înfăţişat-o fostul soţ în timpul divorţului.

Matt se uită la ea fix câteva secunde, iar apoi ridică din umeri.

-Era adevărat, să ştii. Ea nu a contestat nimic, nu a spus că el minţea când spunea că era o adulteră în serie.

-Adulteră în serie? Pe bune? întrebă Becka, iar ochii i se îngustară. De ce? Pentru că fostul ei soţ, care aparent are destui bani să cumpere martori, spune asta?

-Ea nu s-a apărat, Becka, replică Matt pe un ton foarte pragmatic.

-Care ar fi fost sensul? Are cumva banii să se lupte cu tine? se interesă Bryan pe o voce liniştită.

-Nu ştiu, admise Matt. Dar ar fi putut spune ceva.

-Nu ar fi avut sens, ridică Bryan din umeri. Eu înţeleg de ce nu a făcut-o. Ai verificat tu însuţi faptele?

-Nu, desigur că nu. Totul se găsea deja în dosar când acesta mi-a aterizat pe birou.

-Atunci, spuse Becka, împungându-l cu un deget, nu poţi ştii ce este adevărat sau nu, aşa că nu mai arunca pietre, Matt. Am crezut că eşti mai etic decât atât, îi reproşă ea.

-Dar nu s-a apărat, urlă el, nu înţelegi?

-Trebuie să îţi dai tu însuţi seama despre ce este vorba, îşi scutură Bryan capul şi îl plesni peste umăr. Putem vorbi până devenim stacojii la faţă, Matt, dar numai tu poţi afla adevărul. Oricum, ce se întâmplă acum?

-Nu ştiu, admise Matt. Nu este nimeni care să se poată ocupa de copil. Dacă îl iau serviciile copilului, ea va avea probleme serioase să-l recupereze, spuse el şi chipul i se înnegură.

-Deci? insistă Becka.

-Deci... Pe moment m-am înţărcat cu un copil. Problema este că ei locuiesc într-un apartament atât de mic... Un dormitor, un living mic şi bucătărie. Baia are un duş mic. Nici măcar nu aş intra în el... Mă gândeam să-l mut pe el şi lucrurile lui în apartamentul meu, spuse el gânditor.

Becka aprobă dând din cap. Bryan doar zâmbi, amuzat de procesul de gândire al lui Matt.

-Aş putea avea grijă de el, spuse Matt nu prea convins. Vreau să spun că am timp la dispoziţie s-o fac. Avem câteva cazuri în judecată acum, dar am trei asociaţi tineri care se pot ocupa de ele... Le pot da o mână de ajutor când şi când, fără a trebui să merg la birou... Ar trebui să îmi iau liber, doar ştiţi, le spuse el, privind de la unul la celălalt. Nu ştiu unde este creşa lui aşa că opţiunea aceea nu este validă... Va trebui să merg la cumpărături... Azi dimineaţă am descoperit că mai am o singură roșie în frigider și o jumătate de cutie de cereale în dulap. Nimic altceva, nici măcar o cutie de cafea sau ceai, își desfăcu el brațele cu exasperare, iar ceilalți doi zâmbiră.

El se opri din vorbit și o încruntătură i se formă între sprâncene.

-Nu știu cum să fac cu gătitul, însă, admise el. Și nu vreau să o implic pe mama. Ar fi rău dacă aș cumpăra fast food? întrebă el, iar atât Becka cât și Bryan dădură din cap viguros.

-Nu-ți fă griji, spuse Bryan. Mai întâi, le-ai verificat frigiderul?

Matt își închise ochii cu o încruntătură pe chip și își pocni fruntea.

-Nici măcar nu m-am gândit la așa ceva. Cred că ar trebui să merg și să mă uit. Dumnezeu știe cât timp va fi în spital. Nu cred că i-ar place să găsească ființe vi în frigiderul ei când se întoarce acasă.

-Asta în mod sigur, spuse Becka râzând.

-Mergem să verificăm amândoi, da? spuse Bryan. Și atunci, știind ce este acolo, pot începe să vă pregătesc niște mâncare. Nu este mare brânză, își ridică el mâna când Matt vru să-l întrerupă. Voi face destul pentru două sau trei zile. Când o termini, îmi spui și pregătesc o nouă porție.

-Oh, Dumnezeule, cât timp crezi că va fi în spital? Dacă supraviețuiește, vreau să spun, că nu era foarte clar dacă va supraviețui sau nu, clarifică el pe un ton posomorât.

-Nu te teme, va supraviețui, îi mângâie Becka brațul.

-Băiatul ar trebui să mai doarmă cel puțin încă două ore, spuse Bryan. Hai să mergem să-i luăm lucrurile din apartamentul acela și să verificăm frigiderul. Mergem la cumpărături pe drumul de întoarcere aici. Becka poate să se ocupe de el dacă se trezește, iar Marissa este aici, dacă Becka are nevoie de ajutor. Este bine și pentru tine? își întrebă el soția.

-Desigur, spuse Becka. Mă voi descurca, nu îți fă griji. Hai, duceți-vă, îi împinse ea să plece o dată din grădina ei.

-INTELIGENT DIN PARTEA ta să menționezi frigiderul, îi spuse Matt lui Bryan. Toate legumele și fructele acelea s-ar fi stricat.

-Ți-am spus eu. Din ceea ce ai povestit, Nora pare să fie o mamă foarte devotată, Matt. Nu știu cum de nu poți vedea aceasta. Oricum, am fost convins că trebuie să aibă multe alimente bune pentru copil. Avem nevoie să cumpărăm numai câteva lucruri pentru tine – cafea, ceai, lucruri ca acestea, și ești aranjat pentru câteva zile. Vă fac câteva caserole pentru azi și mâine, cel puțin, iar tu trebuie numai să le încălzești la microunde.

Matt își scutură capul și spuse:

-Nici nu-ți poți da seama cât de recunoscător îți sunt în acest moment.

-Matt, ești un tip deștept, care pe deasupra mai citește și mințile oamenilor. Citește-mi gândurile o dată și oprește-te să mă mai bați la cap cu gratitudinea ta nepotrivită. Sântem familie, omule. Tu ai fost alături de mine când eu am avut nevoie de tine. Acum, sunt eu aici pentru tine, spuse Bryan pe un ton liniștit, aranjând ultimele lucruri în portbagajul mașinii sale.

Insistase să ia maşina sa pentru că nu-i plăcea cât de zguduit părea Matt şi nu voia să îl lase să rişte conducând maşina.

Chiar dacă era zguduit, Matt decise să-i probeze mintea lui Bryan. Evita să o facă, în mod obişnuit, pentru că nu îi plăcea să intre nepoftit în minţile oamenilor. Cu toate acestea, nu reuşea întotdeauna să se ţină deoparte. Cum nu avea destul control asupra darului său, tot prindea un gând ici colea, chiar dacă nu dorea să îşi vâre nasul în gândurile altuia.

Cu toate acestea, de data aceasta, se simţi obligat să pătrundă în gândurile lui Bryan, iar acestea l-au umilit efectiv. Bărbatul chiar considera că Matt nu avea de ce să-i fie recunoscător şi era dornic să facă absolut tot ce putea să-l ajute.

Ziua aceea fusese un continuu rollercoaster de emoţii şi şocuri pentru Matt. Bărbatul îşi dădu silinţa să se adune când simţi lacrimile arzându-i în spatele ochilor.

Tânjea să fie din nou el însuşi, dar părea că acel obiectiv era din ce în ce mai îndepărtat şi greu de atins.

Cei doi bărbaţi se întoarseră acasă la Bryan chiar după ce Nat s-a trezit, iar lacrimi izvorau deja din ochii băieţelului.

Îl speriase gândul că şi Matt l-a părăsit. Nu înţelegea de ce mama lui nu venea să îl ia, iar acum se agăţa de Matt, ca şi cum ar fi fost ultima lui speranţă.

-Haide, maimuţică, hai să mâncăm o banană, spuse Matt. Hai, să ne oprim din plâns. Nu te voi părăsi. Nu scapi tu de mine aşa curând. Mergem acasă la mine să stăm împreună până ce mami se întoarce acasă, da?

-Mami spune să nu merg cu străini, replică băiatul şi apoi îl privi cu ochii mari.

-Sunt sigur că a spus, şi are dreptate, Nat, zise Matt, dar eu nu sunt un străin. M-ai văzut vorbind cu mămica ta.

DILEMA LUI MATT

Nat își frecă ochii și se gândi la cuvintele lui, iar apoi aprobă cu o aplecare a capului.

-Banană? întrebă el.

-Da, vei mânca o banană, îi confirmă Matt și îl așeză pe o pernă umflată pe care o pusese puțin mai înainte pe unul din fotoliile din grădină.

-Vrei să ți-o tai felii? îl întrebă el pe Nat după ce se asigură că băiatul era în siguranță.

-Nu sunt un bebe, i-o întoarse Nat. Pot să mănânc o banană, adăugă el, iar expresia rebelă din ochii lui îi încălzi inima lui Matt.

Îi zâmbi și își scutură capul:

-Da, nu ești un bebe. Uite aici, îi înmână el banana, iar apoi îl privi cum o curăța cu grijă.

Puștiul se concentra pe treaba lui și nu le dădea nici o atenție. Becka se aplecă spre Matt și îi șopti:

-Ai observat că nu vorbește ca un copil mic?

-Asta este rău? se îndreptă Matt imediat, cu o licărire în ochi.

-Nu, nu fi bleg, râse ea. Este doar foarte inteligent. Cineva chiar s-a ocupat de educația lui. Îmi pare rău că trebuie să îți atrag atenția, Matt, dar femeia pe care ne-ai descris-o nu ar fi făcut așa ceva. Chiar cred că ar fi bine să aduni mai întâi toate faptele, înainte de a o judeca, își scutură ea capul, cu dezaprobare.

Matt privi copilul și se gândi că Becka avea dreptate. Ochii îi deveniră gânditori, iar Bryan îl plesni prietenește pe umăr.

-Vei îndrepta tot, contez pe tine.

Marissa ieși cu o cafetieră cu cafea proaspătă pentru adulți și le umple ceștile discutând despre nimicuri cu ei. Îi lăsă cu cafelele lor, iar apoi se duse în casă, trecându-și degetele prin părul lui Nat. Nat râse.

-Este un copil foarte sociabil, remarcă Matt. Mă așteptam la unele probleme, să știți. Mai ales pentru că nu m-a văzut decât o singură dată și chiar și atunci, m-am ciondănit cu mama lui.

Bryan gesticulă:

-Totul este bine, Matt, o să vezi.

Nici măcar nu a terminat bine să-l asigure pe Matt că totul va fi bine, că telefonul celular al lui Matt sună. Scoțându-l din buzunar, Matt verifică ecranul și se crispă.

-Ce este? întrebă Becka.

-Spitalul, spuse Matt, iar apoi se îndepărtă câțiva pași de copil ca acesta să nu audă ce se discuta.

-Matthew Winston la telefon, spuse el.

Atât Becka cât și Bryan se concentrară pe el. Matt pășea în sus și în jos, își trecea mâinile prin păr, iar apoi se trase de șaua nasului. Era frustrat și supărat.

-Probabil că voi ajunge acolo în jumătate de ora, replică el, iar apoi mai ascultă puțin la ce i se spunea, dând din cap. Bine, înțeleg, desigur, voi veni, adăugă el și închise telefonul.

-Auziți, trebuie să plec la spital. S-a trezit și e înnebunită de spaimă. I s-a spus că este la mine, spuse el, arătând spre Nat.

-Nici o problemă, spuse Bryan. El poate rămâne aici până te întorci, Matt.

Matt dădu din cap și-i mulțumi. Apoi, se duse, îngenuche lângă Nathan și îi spuse:

-Trebuie să merg să fac ceva, Nat. Tu vei sta aici cu Becka și Bryan, iar eu mă voi întoarce în foarte scurt timp.

-Nu, spuse copilul. Nu voi sta aici. Vin cu tine.

-Îmi pare rău, maimuţică, dar nu te pot lua la spital cu mine. Promit să mă întorc. Te vei distra aici. Poţi face prăjituri cu Becka şi...

Bryan interveni imediat:

-Doamne fereşte, Matt. Becka are lumină roşie la făcut ceva în bucătărie. Dacă Nat face prăjituri, le va face cu mine.

Alarma din vocea lui Bryan nu îi prea conveni Beckăi:

-Haide, Bryan, chiar este necesar...

Bryan o opri cu un deget pe buzele ei:

-Iubito, ştii că este necesar. Imaginează-ţi alarma urlând, bebeluşii trezindu-se... Nu, iubire, nu te vei atinge de nimic în bucătărie. Am crezut că avem o înţelegere, spuse el cu o voce serioasă, iar Becka fu de acord, deşi cu reticenţă.

-Da, Nat, vei face prăjituri cu Bryan, iar apoi vom desena ceva, bine? îl întrebă ea.

Copilul îl privea pe Matt fix.

-Îţi promit că mă întorc în după-masa aceasta, repetă Matt, văzând expresia rebelă a copilului. Nu te voi părăsi.

Copilul îl analiză încă câteva secunde, iar apoi acceptă cu o înclinare a capului. Matt îl îmbrăţişă râzând, iar apoi se întoarse să plece.

-Ia un taxi, Matt, îi sugeră Bryan.

Se temea că vizita la spital îl va zgudui, iar Matt deja avusese aprte de destule şocuri pe ziua aceea. Bryan nu considera că ar fi fost înţelept să-l lase să conducă.

-Îţi chem unul chiar acum, spuse el şi intră în casă.

Matt trebui să accepte. Gândurile lui Bryan fuseseră prea zgomotoase şi ar fi fost imposibil să nu le audă. Înţelese îngrijorarea bărbatului pentru el şi nu dorea să-i răsplătească bunătatea cu nesimţire.

CAPITOLUL 7

ASISTENTA MEDICALĂ îi deschise uşa la secţia de terapie intensivă imediat după ce a sosit. Chipul ei sever şi plin de reproş îl făcu să nu se simtă în largul lui, de parcă ar fi fost din nou adolescent şi ar fi fost chemat la biroul directorului din cauza uneia dintre farsele pentru care fusese atât de renumit.

-Efectiv şi-a ieşit din minţi, dar a refuzat sedativul. Trebuie să o calmezi. I-a crescut febra mult şi asta nu este bine, i-a explicat ea lui Matt.

Matt aprobă dând din cap şi o urmă la camera Norei de terapie intensivă. O privi prin geam, înainte de a deschide uşa. Patul părea să o înghită cu totul, iar inima i se strânse.

-Încearcă să o calmezi, nu să o agiţi mai tare, îl avertiză asistenta medicală din nou, pe o voce autoritară.

-Desigur, replică Matt, deşi se îndoia că prezenţa lui nu o va agita.

Asistenta îl lăsă acolo, iar el îşi adună curajul şi deschise uşa. Ştia că era posibil ca vizita lui să-i producă femeii şi mai multă supărare şi chiar dacă nu o plăcea, nu dorea să-i cauzeze probleme mai serioase decât avea deja.

În momentul în care el intră în încăpere, ea își întoarse capul spre el, iar el simți cum intensitatea din privirea acelor ochii verzi îl lovește direct în piept. Femeia îl privea cu ceva apropiat de ură.

Se găsea la câțiva pași depărtare, dar chiar de la acea distanță putea zări lacrimile care încă îi atârnau de pleoape. Simți impulsul să o consoleze și își strânse mâinile în pumni pentru a nu face cumva vreo mișcare prostească.

Arăta mai palidă decât își aducea el aminte, chiar dacă febra, care îi strălucea în ochi, îi îmbujorase pomeții. Umbrele întunecate de sub ochii ei se întinseseră și îi înghițiseră aproape jumătate de față.

Aflată sub cercetarea lui atentă, ea făcu efortul de a-și șterge lacrimile de pe față, dar unul dintre brațele ei era conectat la o perfuzie și ea nu îl putea folosi pe celălalt, dar nu pentru că nu ar fi încercat.

Părea însă hotărâtă și temându-se că își va înrăutăți situația și mai mult, Matt se grăbi spre pat, îi liniști mișcările și îi șterse lacrimile cu degetele sale mari. Gestul se simțea extrem de intim și, nesimțindu-se în largul lui cu acea apropiere, se grăbi să pășească în spate.

Ea tremurase sub atingerea lui, iar ochii lui îi cercetară chipul pentru a vedea dacă se temea de el. Emoțiile pe care le putea zări pe fața ei nu îl liniștiră.

-Îmi vreau fiul înapoi, spuse ea cu claritate, iar vocea îi era puternică, departe de forma slăbită pe care o prezenta.

-Nu îți fă griji în legătură cu asta chiar acum, replică Matt liniștit. Numai...

-Îmi vreau fiul înapoi, aproape că strigă ea la el, întrerupându-l.

DILEMA LUI MATT

-Imediat ce ai ieșit din spital, îți vei primi fiul înapoi, spuse el, mereu pe acelaș ton răbdător. Acum, nu văd cum ai putea să îl ții aici cu tine, își flutură el mâna, arătând spre camera antiseptică de spital.

-Nu te voi lăsa să-l iei de lângă mine, spuse ea, ca și cum el nu ar fi spus nimic.

Matt oftă, își aplecă capul resemnat, și își trecu degetele prin păr. Avea nevoie de răbdare cu ea, indiferent cât de mult îl costa.

Asistenta medicală deja se uitase urât la el, iar el nu dorea să fie recipientul privirilor ei dacă nu reușea să o liniștească pe acea femeie.

-Uite, Nora..., începu el, dar desigur, ea îl întrerupse.

-Nu-ți voi permite, îl întrerupse ea pe o voce îndărătnică. Mi-ai atacat demnitatea, m-ai insultat în fiecare fel posibil și ai făcut tot ce ți-a stat în puteri să mă lași fără un ban – și vorbesc despre banii ce îmi aparțineau mie, nu acelei imitații de ființă umană reprezentată de fostul meu soț...

Matt observă că pe măsură ce continua cu tirada ei, aduna și mai multă furie, iar roșeața obrajilor ei se intensifica. Se îngrijoră că i-a crescut febra și decise să încheie acel duel verbal prostesc.

Păși lângă pat și se aplecă asupra ei. O opri să mai vorbească, punându-i palma lui mare peste gură, acoperindu-i astfel jumătate din față. Ochii ei se lărgiră și, din nou, el se întrebă dacă nu cumva o înspăimânta.

-Acum vreau să-ți ții gura închisă până ce termin ce am de spus. Nu vreau să aud nici măcar un cuvânt de le tine, Nora, o avertiză el pe un ton aspru. Înțelegi ce spun? o întrebă el.

Aşteptă câteva secunde, dar ea nu răspunse. Continua doar să se uite fix la el cu acei ochi verzi lucitori, care îl străpungeau direct în suflet.

-Te-am întrebat dacă înţelegi, repetă el, mai sever decât înainte, încercând să nu se gândească la ce simţea.

După o secundă, ea îi linse palma, iar el mai că sări de un cot în sus. Îşi luă imediat mâna de pe gura ei şi o privi şocat.

-Voiai un răspuns, spuse ea cu un gest indiferent. Ei bine, cu lopata aia peste gura mea nu puteam răspunde. Aşa că..., explică ea cu un zâmbet mic capricios în colţul gurii, iar Matt avu impresia că a întrezărit ceva din fata aceea obraznică care probabil că a fost Nora cu câţiva ani în urmă.

-Dar îţi vei ţine gura închisă şi vei asculta, trase el concluzia, după ce a tras adânc aer în piept pentru a-şi calma simţurile.

Acea atingere a limbii ei ajunsese undeva adânc în trupul lui, iar toate terminaţiile lui nervoase se treziseră la viaţă. Era convins că ea ar fi putut observa că era excitat dacă ar fi privit mai atent şi se rugă ca ea să nu vadă. I-ar fi fost foarte greu să-i explice acel lucru.

Încercă să pătrundă în gândurile ei, dar nu avu nici un succes, iar aceasta îl ului. Nu avea el ablităţi complete, dar tot putea citi câte ceva de la fiecare.

-Pentru moment, dădu ea din cap uşor. Dar explică-te rapid, îl avertiză ea, iar ochii i se îngustară. Dacă nu îmi place ce aud, întregul spital o să ştie asta, m-ai înţeles? încheie ea pe o voce ameninţătoare.

-Fetiţo, îi surâse el afectat, niciodată nu emite ameninţări dacă nu poţi să le duci la împlinire, spuse el şi o ciupi de vârful nasului.

DILEMA LUI MATT

Ea pufni de indignare şi îşi deschise gura să-i replice. Matt doar îşi atinse un deget de buzele ei şi îşi scutură capul, ceea ce o determină să tacă din nou.

-Acum poate că voi putea vorbi şi eu în linişte o clipă sau două, spuse el. Deci, tipul acela, Nolan, era îngrijorat din cauza copilului. Apropo, Nora, ai găsit o persoană care să aibă grijă de copil *'fantastică'*. Când am ajuns acolo tocmai ieşea pe uşă şi s-a oprit doar suficient de mult timp cât să-mi ceară bani. Ce fel de femeie lasă un copil mic singur într-un apartament, hmm? întrebă el şi o încruntare îi apăru între sprâncene.

-Eu întotdeauna... începu Nora să spună, dar degetul lui Matt se întoarse înapoi pe buzele ei şi o amuţi.

-Eu vorbesc acum. Şi nu vorbeam despre tine. Mi-am imaginat că ai fi ajuns acolo la timp dacă nu ar fi avut loc împuşcăturile. Nu te acuzam pe tine, aşa că lasă-mă să termin, îi ordonă el.

-Unde-i fiul meu acum? întrebă ea, ca şi cum degetul lui nu i-ar fi atins buzele şi el nu i-ar fi cerut să păstreze tăcerea.

Matt gemu şi îşi aplecă capul cu resemnare prefăcută. Îşi scutură capul, iar apoi îşi întoarse privirea la ea, cu un zâmbet vag pe buze.

-Nu te poţi opri să vorbeşti nici dacă ţi-ar depinde viaţa de asta, hm?

-Unde este fiul meu? repetă ea cu încăpăţânare. Văd că nu îl ai cu tine. L-ai dus la serviciile copilului? întrebă ea, iar vocea îi tremură. Acum frica îi era evidentă în voce.

-Nu, evident că nu. Dacă aş fi avut o asemenea intenţie, aş fi lăsat poliţia să cheme serviciile copilului azi de dimineaţă şi m-aş fi spălat pe mâini de toată afacerea.

-Deci unde este? întrebă ea cu îndărătnicie.

-Este bine, replică Matt.

-Nu asta am întrebat, i-o întoarse ea cu mânie şi îl privi fix cu o lumină rea în ochi.

-Poate că nu, dar m-am gândit să-ţi spun că este bine. Este cu Becka şi Bryan, replică el.

-Nu cunosc nici o Becka şi nici un Bryan, remarcă ea şi îşi ridică o sprânceană interogativ.

-Sunt verii mei, răspunse Matt. Cel puţin Becka este verişoara mea, iar Bryan este soţul ei.

Făcu câţiva paşi spre fereastră ca să-şi adune gândurile. Avea câteva întrebări să-i pună şi nu ştia cum să le pună. Se întoarse înapoi şi observă că ochii ei nu îl părăsiseră defel.

-Nu am putut determina dacă ştii pe careva care ar putea avea grijă de Nat. O rudă sau un prieten... întrebă el pe un ton blând.

-Nu am rude, cel puţin nu în Toronto, recunoscu ea şi îşi mişcă degetele agitată. Am un văr şi o mătuşă undeva în Columbia Britanică... Prieteni..., începu ea să spună, iar apoi îşi coborî privirea spre pat.

Matt aşteptă câteva minute, dar ea nu mai continuă.

-Da, prieteni, Nora... Ai prieteni?

Ea îşi scutură capul, iar apoi îşi ridică privirea la el.

-Doar câţiva oameni la muncă, dar mai mult... cunoştinţe, ştii tu... Nu este suficient timp pentru prieteni... Cu munca şi un copil...

Matt observă că ea îi evita ochii şi îi împinse bărbia în sus cu degetul mare. Ea îl privi surprinsă, dar el deja observase cât de incomfortabil se simţea că trebuia să-şi admită singurătatea în faţa lui.

DILEMA LUI MATT

-Înțeleg lucrurile acestea, Nora. Nu trebuie să te simți jenată.

O umbră trecu peste chipul ei și, din nou, ea își coborî privirea.

-Acum ce mai este? o întrebă el, întorcâdu-i fața înapoi spre el.

-Nu e ca și cum m-ai crede, oricum, ridică ea din umeri, iar apoi respiră printre dinți.

Mișcarea umerilor îi trimisese unde de durere prin tot corpul, iar ea își mușcă buza de jos ca să nu țipe. Lacrimi i se adunară în ochi, transformând verdele lor într-o strălucrire intensă lichidă.

-Ușor, puiule, o alină Matt, mângâindu-i obrazul cu tandrețe.

Ochii ei nedumeriți reveniră asupra lui. Matt nu era conștient că folosise un alint, dar ea îi simțise tandrețea profund.

-Pentru o vreme, nu fă nici un fel de mișcări care nu sunt necesare, da? îi spuse el și se îndreptă.

Norei îi lipsi atingerea lui imediat și își întoarse ochii spre pătura utilitară, care o acoperea până la mijloc.

-Te cred că nu ai timp să socializezi, o asigură el dar observă că surâsul afectat și ironic apăru din nou pe buzele ei. Acum ce mai e?

-Domnule Winston, spuse ea tărăgănat, ai crezut că sunt o femeie fatală cu un șirag de iubiți care ar fi putut face de rușine o prostituată. Mă îndoiesc că ți s-a schimbat impresia despre mine într-o perioadă atât de scurtă.

-Numele meu este Matt, îi replică el pe o voce mai severă decât i-ar fi plăcut, dar cuvintele ei atinseseră o coardă sensibilă.

Bryan îi semănase dubii în minte despre dosarul care îi fusese înmânat când i s-a cerut să se ocupe de divorţul familiei Willows. Se gândea să verifice totul din nou, chiar dacă era prea târziu să mai facă ceva în legătură cu divorţul.

-Cred, spuse ea ezitând, că am pierdut firul conversaţiei. Îmi spuneai despre fiul meu...

-Da, hai să ne întoarcem la acel subiect, acceptă Matt.

Dorea să se întoarcă la un subiect pe care îl simţea mai sigur. Nu voia să discute problema divorţului ei în acel moment. Avea nevoie să găsească nişte răspunsuri mai întâi, iar apoi putea fie sa se scuze sau sa-i arate că nu era un tânăr naiv.

-L-am luat cu mine, spuse el şi îşi ridică mâna când ea îşi deschise gura. Aş fi preferat să nu îl iau din mediul lui, în special acum, când trebuie să se obişnuiască şi cu absenţa ta, de asemenea. Dar nu aş fi fost capabil nici măcar să fac un duş în apartamentul tău. Este ca o căsuţă de păpuşi, pentru Dumnezeu, exclamă el. Am petrecut ziua cu Becka şi Bryan, după cum ţi-am spus deja, dar vom merge la apartamentul meu diseară. Bryan m-a ajutat să adun lucrurile lui Nat şi să golesc conţinutul frigiderului tău, îi spuse el şi zâmbi. M-am gândit că nu ţi-ai dori să-l găseşti plin de fiinţe dubioase când te întorci de la spital, îi aruncă el o privire, căutând o confirmare din partea ei.

-Te-a gândit bine, îl aprobă ea.

-Asta-i bine, surâse Matt. Oricum, am făcut o oarecare cercetare...

-Ce cercetare? îşi îngustă ea ochii.

-Despre copii mici, desigur, răspunse el nedumerit. Nu e ca şi cum am avut de-a face cu mulţi, iar ei doi au doar bebeluşi – gemeni, de numai o lună şi jumătate.

-Oh, Dumnezeule, oamenii aceia sunt atât de ocupați și tu le-ai lăsat copilul meu pe cap...

-Cum am mai spus, calmează-te, Nora, se răsti el la ea. Sunt în regulă. Becka știe cum să interacționeze cu copiii, iar Bryan este răbdarea întruchipată. Mai mult decât atât, Bryan ne va găti destul pentru două zile...

-Bryan? întrebă, nefiind sigură că l-a auzit corect.

-Da, de ce? o privi Matt interogativ.

-Bryan va găti pentru voi, repetă ea ca să se asigure că l-a auzit corect.

-Da, mai specific pentru Nat. Cercetarea ne-a arătat că fast foodul nu este bun pentru el, iar eu nu știu să gătesc defel, îi explică, Matt.

-Dar cum se face că Bryan... Nu contează... se decise ea să renunțe la subiect.

Matt înțelese în sfârșit de ce era ea atât de uluită.

-Acum pricep, râse el. Te întrebi de ce nu va găti Becka. Este foarte simplu. Bryan nu îi dă voie să să calce în bucătărie... Nu, nu, nu este ceea ce crezi, se grăbi el să-i explice când o văzu încruntându-se. Numai că Becka este un dezastru ce așteaptă să se întâmple în bucătărie. Chiar dacă fierbe un ou, au loc accidente ciudate. Așa că, în familia lor, Bryan este bucătarul.

-Oh, este bucătar, spuse ea ușurată.

-Nu, nu este. Este antrenor de box și jiu-jitsu Brazilian, spuse Matt, iar când fața ei căzu într-un mod comic, el rânji.

-Îți bați joc de mine, îl acuză ea.

-Nici gând, îți spun adevărul. Bryan este... un personaj foarte interesant, aș spune. Îmi place, să știi... Și tu îl vei place, spuse el pe o voce liniștită, iar apoi o privi cu o intensitate ciudată, pe care ea o resimți în partea inferioară a abdomenului.

Matt o privi tăcut câteva secunde, iar apoi continuă:

-Uite, eu cred că ar trebui să procedăm astfel. Nu-l voi aduce pe Nat aici, spuse el şi văzând că ea dorea să spună ceva, o opri. Nu, nu mă înţelege greşit. Nu îl voi aduce aici cât timp eşti în terapie intensivă. Nu cred că vrei ca el să te vadă astfel, spuse el şi o privi interogativ.

Nora îşi scutură capul:

-Desigur că nu. S-ar putea să nu înţeleagă şi să se supere.

-Exact, aprobă Matt. Imediat după ce te mută într-o rezervă, îl voi aduce acolo să te vadă, este bine?

-S-ar putea să obţin o cameră semi-privată. Cred că asigurarea mea acoperă aşa ceva, spuse ea gânditoare.

-Nu te gândi la asta acum, îi alungă el gândurile.

Deja se hotărâse să discute problema cu spitalul şi să acopere el costul unei camere private din buzunarul său. Nu voia să-l aducă pe Nat într-o cameră unde se mai găsea altcineva pe care nu-l cunoştea şi care putea înspăimânta copilul.

-Între timp, dacă vrei, ai putea vorbi cu Nat la telefon, se oferi el. Cred că asta ar funcţiona pentru un maximum de două sau trei zile, dacă eşti destul de cuminte şi te faci bine, rânji el la ea, iar ca răspuns, Nora se încruntă la el.

-Nu depinde de mine, cap pătrat, observă ea.

-Oh, ba da, depinde, insistă Matt. Depinde de mintea ta. Ştii tu, forţa minţii asupra materiei, îi explică el.

-Aceea este o aiureală şi o ştii foarte bine, replică ea supărată.

-Nu, de fapt nu este, răspunse Matt pe un ton serios. Starea ta mentală te va ajuta să te faci bine mai repede. Oricum, vrei să vorbești cu Nat acum sau nu? o întrebă el, iar în ochii ei izvorâră lacrimi. Acum ce mai este? întrebă el cu exasperare, deschizându-și brațele.

-Nimic, sunt doar fericită, răspunse Nora cu o voce tremurătoare. Deci nu-mi vei lua fiul, vru ea să se asigure din nou.

-Nu fii proastă, veni răspunsul sec al lui Matt, iar apoi își scoase telefonul și formă numărul lui Bryan.

Ascultă vag atent la conversația pe care o avea Nora cu fiul său. El se gândea acum cum să organizeze totul și își făcea note mentale ca să nu uite să ia legătura cu asistenta sa personală pentru ca să-și rearanjeze tot programul pentru o lună întreagă. Matt știa că avea câteva întâlniri pe care trebuia să le respecte, dar spera să se poată debarasa de tot restul.

Matt se văzu mai interesat de conversația Norei cu Becka și Bryan. Chiar îl surprinse, pentru că ea zâmbi de câteva ori, ba chiar râse din toată inima la ceva ce spusese unul dintre cei doi.

Când a terminat conversația, Nora i-a returnat telefonul.

-Mulțumesc, Matt. Nu voi uita niciodată asta, îi spuse ea, iar ochii îi străluceau de gratitudine.

-Nu e mare lucru, replică el cu nonșalanță, deși se îndoia că se va simți vreodată în largul lui când ea își ațintea pe el ochii aceia mari.

Nu înțelegea cum de femeia aceea îl putea afecta atât de mult când nici măcar nu o plăcea sau respecta.

-Are Nat alergii sau ceva de care ar trebui să știu? o întrebă el.

-Nu, nu are nici o alergie. Este un copil foarte sănătos, îi zâmbi ea. În legătură cu creşa... Ştiu că îl poţi lăsa acolo, dar nu cred că ţi-l vor da înapoi, spuse ea cu o scurtă ezitare şi îşi muşcă buza. Poate dacă îi sun mâine... să văd de ce au nevoie...

-Nu-ţi bate capul cu asta, îi îndepărtă el oferta. Este important pentru dezvoltarea lui să meargă acolo? se gândi el mai bine.

-Nu, nu chiar... E adevărat că se joacă cu alţi copii...

-Dar nu aş putea să-l duc în parc să se joace cu alţi copii acolo? întrebă Matt, înfundându-şi maîinile în buzunarele de la pantaloni.

-Da, ai putea. Dar nu trebuie să mergi la muncă? îl întrebă ea, iar vocea ei îi dezvălui surpriza.

-Eu sunt şeful, replică el sec. Eu decid când şi dacă lucrez, îi explică el. Va trebui să merg la birou pentru unele întâlniri şi da, am şi vreo două programări la tribunal, dar Becka şi Bryan m-au asigurat că vor avea ei grijă de copil când nu pot eu, aşa că nu e nevoie să-ţi faci griji, continuă el, balansându-se pe picioare.

Se evaluară unul pe celălalt câteva secunde în tăcere, iar apoi, Nora spuse:

-Nici nu îţi pot mulţumi destul, Matt.

-Nu este nevoie să-mi mulţumeşti, spuse el pe acelaşi ton sec. Totul va fi cum trebuie, şi, nu, nu-mi datorezi nimic, se gândi el să adauge pentru a fi sigur că-l înţelege.

Ea îl privi cu neîncredere, iar apoi pufni.

-Da, sigur. Îţi rearanjezi întreaga viaţă în jurul copilului meu, iar eu nu-ţi datorez nimic...

-Nu, nu-mi datorezi, repetă Matt cu mai multă hotărâre. Deci acum totul este bine? Poți să te culci ca să îți revii mai rapid?

Ea își închise ochii, își scutură capul, iar apoi spuse:

-Da, de ce nu?

-Bine atunci, te văd mâine, se grăbi el să spună și părăsi încăperea.

Ea privi după el uluită. *Ăsta-i un bărbat foarte ciudat, Nora. Ceva nu e tocmai în regulă cu el.*

MATT PĂRĂSI SPITALUL după ce discută posibilitatea de a acoperi costurile unui salon privat, pentru atunci când Nora va fi transferată într-o cameră de spital normală.

Se asigură că au înțeles că nu trebuia făcut nici un fel de tam-tam în privința persoanei care plătea factura și a reușit să îi convingă. Le-a explicat că Nora era o femeie mândră și nu ar fi fost bine pentru sănătatea ei să se enerveze. Avu grijă să sublinieze faptul că așa s-ar fi întâmplat dacă ei i-ar fi spus cine acoperea costurile.

Într-un taxi, pe drum înapoi spre casa Beckăi și a lui Bryan, se întrebă care erau motivele din cauza cărora reacționa în felul acela. Era un bărbat rațional și nu făcea niciodată nimic fără să cântărească tot ce era pro și împotriva a face ceva.

De data aceasta, însă, nici măcar nu se obosise să se gândească prea mult. Ceva îl împingea să facă lucruri pe care în mod normal nu le-ar fi făcut dacă s-ar fi gândit la ele un pic mai mult. Nu era vorba despre bani, desigur. Nu avea nici un motiv să-și dorească mai mult decât avea.

Cu toate acestea, comportamentul lui era departe de înțelegerea lui. Nici măcar nu putea pretinde că a fost vrăjit pentru că știa foarte bine ce însemna aceasta. Recunoștea o vrăjitoare când vedea una, iar Nora numai vrăjitoare nu era.

Acum, aceeași întrebare rămânea fără răspuns: ce era cu acea Nora? Se comporta complet necaracteristic când se găsea în apropierea ei.

Ce naiba? Mi-am schimbat viața complet pentru ea într-o singură zi și încă din toată inima.

Când își dădu seama de aceasta, Matt îngheță.

CAPITOLUL 8

MATT SE TREZI CU UN mic ghem sărind în sus şi în jos pe stomacul lui. Îi plăcea să doarmă pe spate şi să se bucure de patul său făcut pe comandă, de mărimea King. La aproape 1.90, Matt avea nevoie de tot spaţiul de care putea beneficia.

Îşi frecă faţa cu o mână şi stabiliză copilul cu alta. Devenise deja rutină. În fiecare dimineaţă, de-a lungul ultimelor patru zile, se trezise cu Nat sărind în sus şi în jos pe el, iar el se întreba dacă băiatul făcea acelaş lucru şi cu mama sa.

Matt se gândi la diferenţa în mărime şi în muşchi dintre Nora şi el. Se întrebă cum se simţea ea după un astfel de episod. Era o mână de femeie şi clar nu era potrivită pentru ţopăiala viguroasă şi energică a copilului.

Orele lui de antrenament cu Bryan îi definiseră muşchii abdomenului mai mult şi acum era într-o formă foarte bună, dar tot avea sentimentul că a fost pocnit în stomac cu copita de un cal.

-În regulă, maimuţă mică, văd că te-ai trezit deja.

Nat dădu viguros din cap şi îi arătă toţi dinţii lui de lapte. Matt observă că, luat în totalitate, Nat era un copil foarte echilibrat şi fericit. Lua totul aşa cum era şi nu se supăra prea repede.

-Ce te-a făcut atât de fericit în dimineaţa aceasta? întrebă Matt, punând copilul deoparte şi coborând din pat.

-Ai promis că pot merge la Becka, pronunţă copilul corect, aproape sărind în pat. Ea a promis că mergem în parc. Ea a mai promis că mă duci pe lac sâmbătă. Şi pot să o văd şi pe mami din nou, vorbi copilul ca o moară stricată, iar Matt zâmbi.

-Văd că Becka a promis multe lucruri pe seama mea, glumi el.

Dar când copilul îl fulgeră cu privirea, se grăbi să adauge:

-Acum, nu îţi fă griji că facem tot ce a promis ea, da?

Nat zâmbi fericit din nou şi sări din pat. Îl urmă pe Matt în baie şi, ca în fiecare dimineaţă, Matt îl ajută să îşi cureţe dinţii, să îşi spele faţa şi să îşi pieptene părul.

Matt aflase deja că puştiului îi plăcea să îşi aleagă singur hainele şi să se îmbrace, aşa că după duş, se duse în bucătărie să pregătească micul dejun pentru amândoi.

Avea o zi lungă în faţă, începând cu lăsatul lui Nat cu Becka, pentru ca el să poată merge la muncă. Avea o înfăţişare la tribunal în mai puţin de două ore şi nu se făcea să fie în întârziere.

DESTUL DE OBOSIT, MATT veni să îl ia pe Nat de la Becka puţin după ora trei. Până la acea oră, Nat trebuia să se fi trezit din somnul de după-masă şi probabil că acum era gata de plecare.

Matt de asemenea spera ca Bryan să-i ofere prânzul pentru că nu mai avusese timp de-o îmbucătură de dimineaţă, iar stomacul îi tot mormăia de pe la prânz.

DILEMA LUI MATT

Nu se obosi să mai sune la sonerie. Se îndoia că Becka a încuiat ușa după el când a plecat de la ei de-acasă în dimineața aceea. Știa că Bryan nu avea nici un fel de planuri să iasă pe ziua aceea, așa că nu ar fi avut ocazia să descopere că soția lui a uitat iar de încuiatul ușii.

Intră direct în casă și, pentru o clipă, îngheță pe loc. Vocea ridicată a străbunicii lui venea din spatele casei. Când Rebecca dorea, vocea ei bubuia atât de tare că l-ar fi făcut de rușine pe un sergent major.

-Nu pot accepta așa ceva, tinere, strigă ea.

Matt imediat se grăbi să traverseze bucătăria și să iasă pe terasă. Nu ar fi fost prea greu de imaginat că Rebecca îl mustra pe Nat, iar el nu putea să accepte așa ceva. Copilul era în grija lui și nu intenționa să-i permită nimănui să strige la el.

Rebecca nu era o femeie rea și fără simțăminte, dar îi cam plăcea ca totul să fie așa cum dorea ea de fiecare dată. Dar, de data aceasta, Matt nu-i putea permite așa ceva.

După ce a ieșit în grădină, s-a oprit brusc. Uimit, se holbă la scena din fața ochilor lui, iar pentru o clipă fu convins că avea halucinații.

Rebecca îl ținea pe Nat în poală, cu un braț pe după mijloc, și avea un deget ațintit spre Bryan, care stătea pe un fotoliu de grădină nu prea departe de ea. Bryan încerca să păstreze un chip serios, dar un zâmbet îndărătnic se tot lupta să-i apară la colțul gurii.

-Ce se întâmplă? întrebă Matt pe o voce departe de a fi blândă.

Nat imediat se întoarse spre el și strigă:

-Matt.

Își ridică mâinile în sus, ca Matt să-l ia în brațe. Matt își dădea seama că devenise ancora copilului de când mama lui fusese împușcată, dar, destul de curios, nu îl deranja deloc. Chiar îi făcea plăcere să vadă bucuria pură pe chipul copilului ori de câte ori îl vedea.

-Taci acum, tinere, îi spuse Rebecca cu autoritate. Întâi trebuie să îți mănânci gustarea, iar apoi, da, poți merge la Matt.

Ascultător, Nat înhăță imediat un alt biscuite de pe masă și și-l înfipse în gură. Toată lumea zâmbi, iar Matt îi ciufuli băiatului părul.

-Unde este Becka? întrebă el, privind spre Bryan.

Străbunica lui își flutură mâna.

-Este în birou. A trebuit să vorbească la telefon cu mama ei, îi explică ea.

-Vezi tu, interveni Bryan cu malițiozitate, încrucișându-și mâinile peste piept nonșalant și întinzându-și picioarele în fața lui, Rebecca s-a gândit că un atac pe două fronturi ar rezolva totul. Mama Beckăi ar trebui să o cicălească pe Becka, în timp ce Rebecca ar urla la mine până mă supun.

-Să te supui la ce? întrebă Matt.

Nu auzise despre nici un fel de probleme sau plângeri referitoare la cuplul lui favorit din ultima vreme.

-Să ia banii din trust, se răsti Rebecca la el. Am așteptat destul. Am sperat că-și vor reveni în simțiri mai curând sau mai târziu, dar a trecut aproape un an. Nu îi voi accepta refuzul drept răspuns, își încheie ea tirada cu îndărătnicie, țintindu-l pe Bryan cu același deget osos.

-Dulcea mea străbunică, începu el, dar ea îl întrerupse cu un rânjet.

-Nu mă lua pe mine cu *dulce străbunică*, i-o întoarse ea. Știu că nu ai sentimente bune despre mine și nu voi accepta să mă minți.

-Nu am sentimente bune? se interesă Bryan cu nedumerire.

-Desigur că nu ai, pufni ea. Te-am văzut eu. Știu cum gândești. Mă urăști și de aceea nu o lași pe Becka să îmi accepte banii, explică ea pe o voce amară.

-Aici greșești, să știi. Chiar cred că ești dulce în felul tău, îi replică Bryan.

Când văzu că ea voia să-l contrazică, el se ridică în picioare și își puse o mână pe umărul ei.

-Nu o arăți, Rebecca, dar nu ești pe atât de rea pe cât vrei tu să te creadă lumea. Iar despre bani, îmi pare rău, dar eu nu am nevoie de ei, iar Becka nu îi vrea, atâta tot, spuse el, scuturându-și capul. Nu o lua personal. Nu voi spune că-mi pare rău că ea nu vrea să ia banii, își mai scutură el o dată capul și o bătu pe umăr, ca și cum ar fi vrut să îndulcească lovitura.

Se gândi o clipă, iar apoi se aplecă deasupra ei și îi sărută obrazul ca pergamentul, ceea ce o uimi. Apoi, se întoase să se îndrepte spe casă și aruncă peste umăr:

-Presupun că ești flămând, Matt. Îți voi aduce ceva de mâncare, ia numai un loc.

Mulțumit, Matt îi zâmbi și se așeză alături de Rebecca. Bryan era mereu foarte atent, iar dacă i-ar fi spus cuiva cât de domestic devenise Bryan, nimeni nu l-ar fi crezut.

Matt își scutură capul, amuzat, iar apoi simți ochii Rebeccăi asupra lui. Se întoarse spe ea și o evaluă cu ochi ageri.

-Cum mai ești, buni? o întrebă el politicos.

Trebuia să facă ceva conversație cu ea. Nu putea să o ignore la infinit.

-Nu mă lua pe mine cu buni, Matt, i-o întoarse ea. Ai explicații de dat, tinere, spuse ea privindu-l cu înțeles.

Matt își scutură capul și spuse liniștit:

-Nu, nu trebuie să îți explic absolut nimic.

-Trebuie să te contrazic, iar dovada este în poala mea, se răsti ea, iar Nat privi în sus la ea.

-Eu? se interesă el timid, iar Matt simți nevoia să țipe la străbunica lui pentru că nu era mai atentă la simțămintele copilului.

Nu era ceva nou pentru Rebecca, dar el tot mai spera într-o schimbare. Cel puțin, vârsta a fi trebuit să o mai înmoaie puțin.

-Tu ești dovada, puștiule, dar în sens bun, îi ciufuli ea părul băiatului. Acum termină de mâncat dacă vrei să mergi la joacă, îi ceru ea pe un ton care nu mai permitea nici un fel de întrebări.

Nat imediat înșfăcă o felie de portocală și și-o înfipse în gură. Satisfăcută, Rebecca îi zâmbi și îi mângâie capul.

-Deci când aveai de gând să îmi spui că ai un fiu? îl întrebă ea pe Matt brusc.

Matt pur și simplu se holbă la ea. I-ar fi plăcut să spună ceva, orice, dar mintea i se golise complet din cauza șocului.

-Tu ești tăticul meu, spuse Nat cu venerație, iar adorația din vocea lui îl umili pe Matt.

Strălucirea din ochii copilului îl zgudui pe Matt și acesta se întoarse la realitate.

-Mulțumesc, buni, spuse el cu sarcasm. Acum cum pot eu să..., începu el să spună, dar nu mai apucă să și termine ce avea de spus.

-Tu ai grijă de el, tu îi ești tată. Nu îmi pasă cine l-a zămislit, îi replică Rebecca și ridică din umeri, ca și cum totul ar fi fost atât de simplu.

-Tu ești tăticul meu, repetă copilul, iar Matt gemu.

-Ar trebui să te felicit? veni vocea seacă a lui Bryan din spatele lui.

Matt își ridică privirea și remarcă expresia severă de pe fața lui Bryan. Nu avea nevoie de talentul său de a citi minți pentru a știi ce credea prietenul său.

Își ridică mâinile neajutorat și întrebă:

-Ce ar trebui să fac acum?

-Nu eu trebuie să știu asta, îi replică Bryan tăios, iar apoi așeză o tavă cu un bol de supă și un sendviș în fața lui.

-Ce fel de întrebare este aceasta, Matt? pufni Rebecca, iar apoi puse copilul jos. Acum poți merge să te joci, îi spuse ea lui Nat și îl plesni peste fund în joacă, făcându-l să râdă.

Cu toate acestea, Nat nu plecă imediat. Îl privi pe Matt și spuse:

-Ai promis că o pot vedea pe mami azi.

-Desigur că o vei vedea, răspunse Rebecca imediat. O vom vedea cu toții pe mami azi.

Matt se înnecă și supa îi țâșni din gură. Bryan sări în spate, dar Rebecca nu a fost atât de norocoasă. Se găsea chiar în calea lichidului și atât fața cât și bluza ei s-au pomenit stropite.

-Matthew Winston! strigă ea, aruncându-și mâinile în aer exasperată.

Nu se așteptase la așa ceva din partea lui Matt, nici într-un milion de ani. Întotdeauna, Matt se dovedise a fi cel mai echilibrat dintre nepoții și strănepoții ei.

Nat şi Bryan începură să râdă ca hienele, dar Rebecca se uită urât la ei, pufnind. Nu a fost nevoie să facă mai mult decât atât, pentru că imediat le înnăbuşi ilaritatea.

Nat alese să alerge la florile Beckăi, care îl fascinau şi unde Bryan îi instalase diverse jucării de exterior, în timp ce Bryan adună şerveţele pentru a o ajuta pe Rebecca să se curețe.

Matt nu putea decât să se holbeze la ea. Ochii i se lărgiseră de-a binelea. Nu putea crede că tocmai o stropise cu supă pe străbunica sa care era o femeie atât de pretenţioasă.

Pe de altă parte, nu-i putea crede tupeul. Tocmai ce se invitase undeva unde nu trebuia să-şi vâre nasul, iar el s-ar fi blestemat dacă ar fi acceptat pur şi simplu.

Rebecca pufni din nou şi smulse şerveţelele din mâna lui Bryan. Începu să-şi frece faţa viguros, încă încruntându-se.

În tot acel timp, mormăi:

-Niciodată nu... niciodată... niciodată nu aş fi crezut că îmi vei face aşa ceva... Cum naiba ies eu acum în stradă? Ha? îşi încheie ea mormăiala cu un ţipăt din toţi rărunchii şi se uită din nou urât la Matt.

Matt tot nu putea spune nimic. Limba îi era înnodată. I-ar fi plăcut lui să spună o mulţime de lucruri, dar nici unul dintre ele nu era potrivit pentru urechile străbunicii lui.

Bryan interveni imediat. Observase că Rebecca era pe punctul de a-l pocni zdravăn pe Matt. Deşi i-ar fi plăcut să vadă cum s-ar fi desfăşurat aşa ceva, considerând că Matt era mult mai înalt decât străbunica lui şi era mai greu decât ea cu cel puţin patruzeci de kilograme, nu credea că spectacolul ar fi fost educaţional pentru puşti.

-Sunt sigur că poți împrumuta ceva de la Becka, încercă Bryan să o consoleze pe un ton liniștit. Nu este sfârșitul lumii, doar știi. Știu, ești mai înaltă decât ea, este adevărat, dar ea este mai rotunjoară așa că se va compensa, explică el.

-Vrei să spui că arăt ca o sperietoare de ciori, tinere? își schimbă ea ținta mâniei brusc și îl atacă pe Bryan, adunând din ce în ce mai multă furie.

-Departe de mine acest gând, Rebecca, replică Bryan.

Vocea lui continua să fie calmă. Nu avea nevoie de un alt meci de strigăte pe ziua aceea. Rebecca îl bătuse destul la cap pentru o după-masă.

-Atunci vrei să spui că Becka este prea rotundă? se răsti ea la el, gata să-și protejeze strănepoata.

-Este exact cum trebuie să fie, așa că hai să nu începem un nou argument pe chestia aceasta, observă Bryan pragmatic.

-Cred că ar trebui să plec, își regăsi Matt în sfârșit vocea.

Se gândi să profite de duelul verbal dintre Rebecca și Bryan și să o tulească cu Nat. Dar, din păcate, speranțele lui nu contau prea mult.

Rebecca se întoarse spre el imediat și lătră:

-Mănâncă-ți prânzul și ține-ți gura închisă. Și poate, de data aceasta, poți să-ți mănânci supa fără să mă mai stropești.

Îngrijorarea lui Matt escaladă. Credea că o știa bine pe Rebecca, dar nu îi înțelegea jocul pe moment. Știa numai că va avea de luptat la modul serios dacă voia să o convingă să rămână acolo, la casa Beckăi, sau să plece acasă, oriunde, dar nu la spital cu el.

-Buni, începu el, dar ea nu avea de gând să audă nimic.

-Am spus să-ţi iei prânzul, se răsti ea cu mai multă forţă. Vei avea destul timp să vorbeşti cu mine în după-masa şi seara aceasta, observă ea.

Cuvintele ei avură efectul unui duş rece asupra lui Matt şi el deveni mai hotărât decât înainte.

-Ce vrei să spui? întrebă el pe un ton uscat, împingând tava la o parte, pentru că acum clar nu îi mai era foame.

-Am decis să împrumut o bluză de la Becka, aş că nu vei scăpa de mine aşa uşor, Matt, se încruntă ea la el. Voi fi gata imediat, o să vezi.

Matt se încruntă la Bryan pentru că el fusese cel care avusese ideea să-i ofere una din bluzele Beckăi. Bryan doar dădu din umeri, neinteresat de furia lui Matt.

-Aceasta este bătălia ta, Matt, spuse Bryan.

-Ce bătălie? veni vocea Beckăi din spatele lui, iar el îşi întoarse capul spre ea.

Îi zâmbi soţiei lui şi o informă:

-Rebecca are nevoie de una din bluzele tale, iubito. Matt a stropit-o cu supa, rânji el.

Rebecca îl plesni peste braţ, neamuzată de de cuvintele lui.

-Încearcă să găseşti una care să se potrivească cu fusta mea, îi ordonă ea Beckăi. Cum a fost discuţia cu mama ta? o întrebă ea cu şiretenie.

-Am avut o discuţie plăcută, buni, şi nu, nu am acceptat banii din trust, spuse ea. Cum se face că Matt te-a stropit cu supa? întrebă ea, aşezându-se în poala soţului ei cu mişcări fluide.

-Nu schimba subiectul, domnişorico, se răsti Rebecca la ea. Vreau să-ţi regândeşti decizia, lovi ea masa cu palma, vexată că tânăra femeie nu cedase.

-Îmi pare rău, buni, dar nu pot, ridică ea din umeri, iar vocea arăta clar că nu îi părea defel rău. Dacă nu ai fi pus acele condiții pentru bani, lucrurile ar fi putut fi diferite, observă ea.

-Știi de ce am făcut-o, își susținu Rebeca hotărârea.

-Știu și îți înțeleg motivele, cu adevărat, replică Becka și, aplecându-se în față, îi mângâie brațul străbunicii. Dar aceasta nu înseamnă și că sunt de acord cu tine. Considerând felul în care l-ai tratat pe Bryan...

-Iubito, interveni Bryan, dar Becka îl făcu să tacă cu o scuturare a capului și un deget pus ferm pe buzele lui.

-Ce te așteptai să fac atunci când am văzut un bărbat ca el cu tine? contracară Rebecca, fluturându-și mâna în direcția lui Bryan.

-Un bărbat ca el? sări Becka din poala lui Bryan, gata de bătălie, iar aerul vibră în jurul lor.

Becka își controla furia acum și lucrurile nu mai zburau în jur tot timpul. Dar cu toate acestea, aerul tot mai vibra ori de câte ori se enerva, iar soțul ei știu că trebuia să facă ceva.

Bryan încercă să intervină și să o tragă înapoi în poala lui, dar ea îi plesni mâinile să o lase în pace.

-Nu, Bryan, nu o las să te mai insulte încă o dată, spuse Becka cu ferocitate. O dată a fost mai mult decât destul, observă ea, iar ochii ei o fulgerară pe străbunica ei.

-Dar eu nu l-am insultat, Becka, nu fi proastă, spuse bătrâna pe un ton lipsit de emoție, ceea ce contrasta cu furia albă a Beckăi. Am spus numai că este atât de impozant și de serios... nu te puteam vedea cu un bărbat ca el... atunci, se gândi să adauge când Becka mai că mârâi la ea. Am crezut că îți va înnăbuși exuberanța și tinerețea. Acum știu mai bine de atât, ridică ea din umeri. Nu este nevoie să te enervezi, domnișorico.

Oamenii fac greşeli. Numai aşteaptă şi o să vezi când ajungi la vârsta mea. Atunci să-mi spui tu mie că nu ai făcut nici o greşeală, o provocă ea pe Becka.

Becka nu avu timp să-i mai răspundă pentru că Matt alese exact acel moment să se ridice de pe scaun. Se prijini cu mâinile pe masă şi reclamă atenţia Rebeccăi.

-Vreau să ştiu ce intenţionezi să faci, îi ceru el autoritar şi îşi privi străbunica cu ochii de oţel. Te-ai jucat destul cu mine deja, îşi ridică el vocea.

Plesni şi masa, în sfârşit pierzându-şi cumpătul şi făcând câteva sprâncene să se ridice. Matt nu arăta niciodată că era supărat sau furios, iar acea ieşire era destul de necaracteristică pentru el ca să-i uluiască.

'*Acum am început să mă comport ca un nebun*', se gândi el, cu ochii fixaţi în continuare pe femeia în vârstă. Ştia că urzea ceva şi nu-i plăcea direcţia acţiunilor ei.

Dacă ar fi putut să se întoarcă în timp la primele ore ale dimineţii, ar fi făcut alte planuri pentru Nat pe ziua aceea. Nu ar fi riscat să o lase pe Rebecca să ştie ce se întâmpla.

-Plănuiesc să o văd pe tânăra ta doamnă, Matt, spuse Rebecca direct, neimpresionată de mânia lui. Cu sau fără tine, sublinie ea.

Ochii lui Matt fulgerară cu furie. Chiar trebui să se dea un pas înapoi pentru a nu fi tentat să-şi încolăcească degetele în jurul gâtului bătrânei.

-Nu există un asemenea lucru ca *tânăra mea doamnă*, buni, spuse Matt de-a dreptul, nevoind să atragă atenţia lui Nat.

DILEMA LUI MATT

-Pe cine crezi că păcălești tu, Matt? îl luă Rebecca în râs, fluturându-și degetele în fața lui. Hm! Nici un bărbat nu ia un copil în grija lui numai din mărinimia inimii lui, dădu ea din mână din nou pentru a îndepărta o astfel de presupunere.

-Nu era altcineva disponibil, atâta tot, spuse Matt printre dinți.

-Aiurea! pufni Rebecca. Ai destui bani să plătești pe careva, Matty. Ești un om cumsecade, sunt de acord cu asta, dar și cumsecădenia are o limită. Deci vreau să o cunosc pe femeia care...

-Nu vei întâlni pe nimeni, se răsti el, întrerupând-o pe un ton nepoliticos. Vei sta aici sau vei merge acasă, cum vrei tu, dar nu te vei implica în treburile mele. Este clar? aproape că mârâi el la ea.

-Nu-ți apreciez tonul, își îndreptă bătrâna spatele și încercă să-l intimideze cu privirea.

-Nu îmi pasă, răspunse el. Nu știi când să te oprești. Ai încercat să controlezi viața tuturor de la început și pur și simplu te omoară faptul că nu ai putut s-o controlezi și pe a mea. Ei bine, nu-mi pasă, lovi el masa cu pumnul. Nu accept așa ceva, tună el la bătrâna femeie. Poți face ce vrei, străbunico, dar fă-o cât se poate mai departe de mine și de treburile mele, spuse el pe un ton de gheață acum, conștient că și-a pierdut complet cumpătul și că se dădea în spectacol.

Apoi, se întoarse spre Nat și își întinse mâna spre el:

-Nat, mergem să o vedem pe mami acum. Vino, maimuțică.

Nat fugi spre el, uitând complet de jucăriile cu care se juca. Matt îi cumpărase o masă de nisip gen crab cu trei zile în urmă, iar Becka și Bryan o instalaseră lângă rondul de flori pe care copilul îl plăcea cel mai mult.

-Ai promis că Becka şi Bryan pot veni şi ei, spuse el luând mâna lui Matt.

-Ştiu, dar au musafiri. Vor veni cu noi mâine, îi zâmbi Matt şi îi ciufuli părul.

-Nu este necesar, interveni Rebecca. Putem merge cu toţii chiar acum. Trebuie doar să-mi schimb bluza, Nat, iar apoi putem pleca.

Deja înţelesese că Matt nu voia să spună nimic greşit în faţa copilului, iar ea profită de slăbiciunea lui. Ştia cum să-şi joace cărţile şi să reuşească în planurile ei.

Nu avea nici o noţiune de milă. Uneori, oamenii aveau nevoie de un spate de fier pentru a supravieţui, iar ea învăţase de timpuriu să nu arate nici un fel de milă când nu ar fi fost cazul şi să nu dea înapoi dacă dorea ceva.

De data aceasta, Matt efectiv văzu roşu în faţa ochilor. Îi dădu drumul mâinii lui Nat şi se întoarse spre Rebecca. Expresia lui arăta clar că acum era gata să spună tot ce dorea să spună, fără să se mai reţină.

Becka îi şopti temător lui Bryan:

-Fă ceva.

CAPITOLUL 9

INTERVENŢIA LUI BRYAN i-a salvat pe amândoi, atât pe Matt cât şi pe Rebecca, de o scindare totală. Matt a părăsit casa lor împreună cu puştiul şi Becka, iar Bryan a rămas să se ocupe de bătrâna vrăjitoare, după cum o numea Matt în gând acum.

Rareori avea Matt gânduri urâte despre străbunica sa. Înţelegea de ce inima i s-a răcit şi de ce voia să controleze totul şi pe toată lumea, chiar dacă lui nu-i plăcea acel lucru.

S-au mai ciondănit ei de-a lungul anilor. Uneori mai mult, alteori mai puţin. Cel mai rău a fost când a adus-o pe Velma s-o prezinte familiei. Şi cu toate acestea, chiar şi atunci, Rebecca nu reuşise să-l facă să vadă roşu în faţa ochilor, pregătit să îşi dea drumul la gură şi să scuipe toate resentimentele pe care le-a adunat pentru ea de-a lungul timpului.

De data aceasta, ea nu numai că depăşise anumite limite. Pur şi simplu aruncase toate hotarele în aer.

Matt era şi mai furios pentru că ea făcuse toate acele comentarii în faţa copilului. Dacă acesta le-ar fi repetat mamei sale, ceea ce era mai mult decât posibil, Nora s-ar fi convins că el voia să-i fure copilul. Şi ca urmare, s-ar fi găsit cu ea din nou pe aceleaşi poziţii ca în prima zi.

De-a lungul ultimelor câteva zile, găsiseră cumva un teren comun. Nora era mai puțin circumspectă și se temea mai puțin de el, iar unele bariere fuseseră coborâte, ceea ce lui îi surâdea foarte mult.

Când au mutat-o într-o rezervă, l-a adus pe Nat în vizită. Copilul i-a ajutat să interacționeze și ea s-a deschis mai mult în fața lui Matt.

Îi dispăruse din ochi lucirea aceea plină de resentiment și ură, iar aceasta îl făcea să se simtă ușurat. Faptul că acum se simțea mai bine și era pe calea recuperării îl satisfăcea și mai mult.

Își spusese că era mulțumit pentru că își vor vedea fiecare de drumul său în curând, dar el știa că se minșea pe sine însuși.

Era ceva acolo între ei, deși încă nu știa ce. Niciodată nu fusese atât de confuz când venea vorba de o relație cu o femeie. Nu știa dacă dorea să o mai vadă în viitor sau nu.

Conversațiile lor deveniseră mai puțin tensionate, iar el aflase că era o femeie interesantă, departe de femeia materialistă și adulteră pe care o crezuse în trecut.

Tot nu putea să-și arunce privirea în mintea ei. Nu se îngrijora el prea mult pentru că nu era capabil să-i citească gândurile. A decis să vadă ce-o fi mai încolo.

Descoperise lucruri despre ea în același fel în care o persoană obișnuită, fără puteri paranormale, afla despre oamenii din jur și i se părea mult mai satisfăcător decât dacă pur și simplu i-ar fi citit mintea.

De asemenea, angajase un investigator pentru a săpa în trecutul și prezentul ei și al fostului ei soț. Nu putea uita ce îi spusese Bryan și voia să vadă dacă a fost înșelat.

L-a întristat să afle că, mai toată viața ei, nu a avut pe nimeni pe care să se sprijine. Părinții ei s-au mutat în Florida când ea nici măcar nu avea optsprezece ani. Muriseră acolo, într-o spargere, câțiva ani mai târziu.

Investigatorul a cercetat și dovezile aduse pentru divorț și nu a reușit să descopere că ar fi fost valide. Stabilise dincolo de orice îndoială că ar fi fost imposibil ca cei patru martori să fi avut vreo aventură amoroasă cu ea. Nu numai că nu o întâlniseră niciodată, dar la orele când presupusele întâlniri ar fi avut loc, Nora era întotdeauna la serviciu.

Cu toate acestea, ceea ce el găsise era dovadă împotriva fostului soț. Aparent, acesta avusese două iubite în afară de soție, iar aceasta de ceva timp deja.

Matt se jurase să nu mai accepte niciodată un dosar fără să verifice el însuși evidența. Știa că Nora a fost înfiorător de nedreptățită, iar el fusese instrumentul umilirii ei. Scrâșnea din dinți de frustrare ori de câte ori își amintea cum îi vorbise.

-Ești în regulă, Matt? îi atinse Becka brațul.

El îi aruncă o privire pentru o secundă, iar apoi verifică copilul de pe scaunul din spate.

-Da, sunt bine. Doar puțin furios după... Ei bine, după, știi tu.

Becka doar dădu din cap și privi pe fereastră.

-Știi, nu cred că i s-a împotrivit careva vreodată și de aceea crede că poate face absolut tot ce vrea ea, remarcă ea gânditor.

-Nu dau un... o smochină, își cenzură Matt limbajul, atât pentru Becka cât și pentru Nat, chiar dacă se simțea mânios și crud și avea nevoie să înjure. M-am săturat de amestecul ei și de cererile ei, își plesni el mâna de volan.

-Ştiu. Dar... este bătrână... şi... în felul ei, chiar ne iubeşte pe toţi. De fapt, toată lumea ştie că pe tine te iubeşte mai mult decât pe oricine, îi atrase ea atenţia.

-Ca şi cum mi-ar păsa, ridică el din umeri, iar chipul îi rămase tot încruntat. Aş prefera să nu mă iubească deloc.

-Mie îmi place, veni vocea lui Nat din spatele maşinii, iar sprâncenele lui Matt se ridicară pe frunte.

-Pe bune? Cum aşa? îl întrebă el pe băiat.

-Latră. Nu muşcă, replică Nat.

-Unde ai auzit aşa ceva? îl întrebă Matt, surprins că băiatul ar fi cunoscut acea expresie.

-Mami spuse aşa... despre tata...

-Tatăl tău ţipa şi el? îl întrebă Becka pe copil, întorcându-se în scaun ca să-l privească pe Nat.

-La mami, spuse copilul. Pe mine nu mă vede.

-Cum na... cum de nu te vede? întrebă Matt cu nedumerire, din nou editându-şi cuvintele.

-Spune că... eu nu exist, explică copilul, iar atât Becka cât şi Matt se încruntară.

-Poate că nu ai auzit corect, încercă Becka să-l consoleze.

-Nu, îi replică Nat. A spus aşa. De multe ori.

-Ticălosul, mormăi Matt. Cineva ar trebui să-l înveţe o lecţie. Cu pumnii.

Becka l-a auzit şi zâmbi. Întotdeauna Matt a fost dornic să îi protejeze pe cei mai slabi şi să împartă pedeapsa necesară.

-Mami are nevoie de flori, spuse Nat brusc.

-Poftim? Ce ai spus? întrebă Matt surprins, oprindu-se la stop.

-Flori. Are nevoie de flori, copilul insistă.

-De unde ştii? întrebă Becka.

-Ieri am văzut oameni cu flori. Oamenii aduc flori într-un spital, repetă Nat cu încăpățânare.

-Bine, amice, nu te agita atât de tare, râse Matt. Vom cumpăra flori, puișor. Chiar de aici, spuse el, arătând spre o florărie, iar apoi semnală la dreapta și schimbă banda.

CUM MATT I-A PERMIS lui Nat să aleagă ce flori îi plăceau, și-au făcut intrarea în salonul Norei cu un coș mare. Spre încântarea Beckăi, copilul alesese un coș plin de Alstroemeria, care semnifică devotament, prosperitate și noroc.

Ochii Norei se lărgiră când îi căzură pe coșul de flori, pe care se presupunea că Matt și Nat îl cărau. Matt îl convinsese pe băiat că ar trebui amândoi să îl ducă. Se îndoia că puștiul ar fi avut puterea să-l țină în mânuțele lui mici.

Ea acceptă florile cu grație, deși își scutură capul către Matt, mustrându-l că a cheltuit atât de mult. Văzuse astfel de coșuri în timp ce privea în vitrine, și știa că depășeau 150 de dolari. Nu îi venea să creadă că bărbatul a putut cheltui atât de mulți bani numai pentru a face pe voia unui copil.

Abia apoi, o văzu pe Becka. Ochii ei fuseseră ațintiți spre Nat și Matt și aproape că nu o remarcase pe femeia scundă și blondă de lângă Matt. Timp de o clipă, i se strânse inima, dar după aceea își alungă tristețea și îi zâmbi larg însoțitoarei lui Matt.

-Eu sunt Becka, spuse ea, verișoara lui Matt. Aduc fructe, îi arătă ea o pungă pe care o umpluse cu câteva portocale, banane și mere. Doar câteva chestii pe care le poți mânca fără să ai nevoie de tacâmuri, preciză ea și puse punga pe noptiera de lângă patul Norei.

-Becka este prietena mea, mami, se lăudă Nat. Se joacă cu mine în fiecare zi. Mă lasă să-i ating bebelușii. Sunt haioși. Nu au păr deloc sau aproape deloc. Și dorm tot timpul sau plâng, se grăbi el să spună, aproape împiedicându-se în cuvinte.

Adulții zâmbiră indulgent, iar apoi, Nora se întoarse spre Becka.

-Nici nu îți poți imagina cât de recunoscătoare îți sunt pentru tot ajutorul...

Becka o întrerupse atingându-i brațul și scuturându-și capul.

-Nu este nevoie să îmi fii recunoscătoare. Este o experiență bună pentru soțul meu și pentru mine. Bebelușii mei nu vor fi bebeluși pentru totdeauna, doar știi, râse ea.

Nora dădu din cap și râse, de asemenea:

-Mie îmi spui! E ca și cum acum sunt în leagăn, doar dormind și cerând de mâncare la câteva ore o dată și, brusc, ai un mic taifun de controlat.

-Ar trebui să punem florile pe noptieră acolo? întrebă Matt, brusc, nedorind să fie lăsat pe dinafară în conversație.

-Da, cred că ar sta foarte bine acolo, replică Nora, cu o timiditate ciudată în voce.

Sprânceana stângă a lui Matt se ridică pe frunte. Niciodată nu o văzuse atât de timidă.

DILEMA LUI MATT

Nora îi invită să ia loc. Avea două scaune în cameră și ea îl luă pe Nat pe pat cu ea. Tot îl atingea și îi peria părul cu degetele, semn că îi dusese teribil dorul.

-Deci ești cuminte cu Becka, Nat, da? îl întrebă ea pe băiețel.

-Da, și cu Bryan. Am întâlnit-o și pe străbunica lor astăzi. Și este haioasă, anunță băiatul cu exuberanță.

Atât Becka cât și Matt îl priviră de parcă și-ar fi pierdut mințile. Se puteau spune multe despre Rebecca, dar nu că ar fi fost amuzantă. Nu era una dintre caracteristicile ei.

-Ce este? întrebă Nora, observându-le nedumerirea.

-Străbunica este orice, dar nu haioasă, replică Matt pe un ton uscat. Nici măcar când eram de vârsta lui Nat nu am gândit altfel, explică el.

Becka se mulțumi numai să dea din cap. Era de acord din toată inima cu tot ce spunea Matt.

Simțind ochii întrebători ai Norei asupra ei, ea explică:

-Străbunica este... hai să spunem, specială. Și este mai bine să o iei în doze mici. Astăzi, atât Matt cât și eu am avut parte prea mult de prezența ei, râse ea.

Matt doar mârâi și își ciufuli părul cu degete nervoase.

-A spus că Matt este tatăl meu, anunță Nat mândru, sărind pe pat.

Toți trei adulții înghețară. Matt se uită la el cu ochii măriți, Becka își acoperi gura – nu știa dacă voia să țipe sau să râdă, iar Nora îl privi pe Matt șocată.

-Ce a spus? întrebă Nora pe o voce mică, temându-se că va auzi același lucru din nou.

-Matt este tatăl meu, repetă Nat, dând din cap viguros. Iar eu sunt de acord, îi anunţă el pentru ca ei să înţeleagă că nu exista nici o îndoială în mintea lui în ceea ce privea identitatea lui Matt.

-Spune ceva, la naiba, se răsti Nora la Matt.

El ridică din umeri:

-Pur şi simplu nu am cuvinte.

-Cum să nu ai cuvinte? îl dojeni ea. Eşti avocat, pentru Dumnezeu. Nu faci altceva decât să vorbeşti cât e ziua de lungă.

El se încruntă la ea şi spuse printre dinţi:

-Asta crezi tu că fac avocaţii toată ziua? Şi ce naiba vrei să-i spun? Are doar trei ani. Ce va înţelege?

-Nu ştiu, îşi aruncă ea mâinile în aer, dar trebuie să spui ceva, şi curând, sublinie ea.

-De ce eu şi nu tu? i-o întoarse el furios, vorbind printre dinţii strânşi, iar deja ochii lui îi sclipeau de mânie.

Când Nora nu avu un răspuns pregătit, Becka interveni:

-Dacă voi doi nu aveţi nimic împotrivă, cred că este mai bine să lăsăm lucrurile aşa pe moment. Este suficient timp să...

-Când? După ce s-a convins că Matt este tatăl lui? se repezi Nora la ea.

-Hei, nu eu sunt inamicul aici, se gândi Becka să menţioneze şi îşi ridică mâinile în sus. Dar cu toate acestea, Matt tot mai trebuie să aibă grijă de Nat pentru o vreme şi nu cred că opunându-se...

-El este tatăl meu, o întrerupe Nat furios. Străbunica a spus aşa, spuse el şi toţi îi observară lacrimile din ochi.

-Nimeni nu spune altfel, puştiule, replică Becka, ciufulindu-i părul. Este doar o discuţie de adulţi, râse ea.

-Becka, spuse Nora, privindu-l fix pe Matt. Te-ar deranja dacă l-ai lua pe Nat cu tine la cafeneaua de la parter şi mi-ai cumpăra şi mie un latte sau ceva? Îţi rămân datoare.

-Ia-mi şi mie unul, spuse Matt scoţând bani din buzunar. Şi Nat, am auzit că au şi prăjiturele. Vezi ce îţi place.

-Am bani, Matt Winston, încercă Nora să-i împingă mâna deoparte ca Becka să nu îi poată lua banii.

-Şi la fel şi eu, spuse Becka şi oftă zgomotos, iar apoi îi luă mâna lui Nat şi îl trase cu ea. Vom cumpăra nişte prăjiturele pentru tine şi o ciocolată albă pentru mine, îi explică ea lui.

-Vreau şi eu ciocolată albă, se încruntă copilul.

-Atunci vei avea una, râse Becka. Nu este nimic rău cu o ciocolată albă aşa, din când în când, îi spuse ea pe un ton conspirativ şi apoi părăsiră încăperea.

Nora privi după ei. Matt nu avea nevoie să fie un cititor de gânduri pentru ca să ştie că era furioasă.

-Uite, începu el, dar ea îl opri scuturându-şi capul.

-Trebuie să îndrepţi lucrurile. Când se întorc, insistă ea.

-Ai dreptate, dar ai ales cel mai prost moment, îi explică el şi ea se uită urât la el.

-Ştiu că eşti supărată, dar copilul trebuie să trăiască cu mine pentru cel puţin încă o săptămână, dacă nu mai mult. Nu vreau să fie supărat. În timp, îşi va transfera dorinţa de a avea un tată asupra altcuiva sau... Nu ştiu, înţelegi? Ştiu numai că nu pot să-l supăr acum. Este destul că îi lipseşti tu, nu crezi? încercă el să o consoleze mângâind-o pe braţ, dar ea se trase la o parte, iar el îşi încleştă dinţii de frustrare.

-Da, dar când eu ies de aici și nu o să te mai vadă, va considera că este vina mea, iar eu trebuie să trăiesc cu el pentru mult mai mult timp decât tine, spuse ea și îl pocni cu un deget în piept.

-Chiar este absolut necesar să nu mă mai vadă? o întrebă el.

Întrebarea lui veni ca o lovitură și o șocă. Nora pur și simplu se uită la el.

Tăcerea se întinse aproape un minut între ei. Matt își trecu degetele prin păr agitat, iar apoi spuse sarcastic:

-Văd că nu mai poți de bucurie auzindu-mi propunerea.

Ea își scutură capul, iar apoi replică:

-Tu... m-ai șocat numai. Am crezut că abia așteptai să scapi de mine și de Nat.

-Nat este grozav, sublinie Matt. De ce aș vrea să scap de el?

-De mine, atunci, spuse ea printre dinți, rănită de cuvintele lui.

-Niciodată nu am spus asta. Eu... te plac... cred, ridică el din umeri. Am crezut că... ar trebui să încercăm cel puțin... Vreau să spun... ar trebui să vedem cum merge... dacă merge... Nu ne-am văzut unul pe celălalt în cea mai bună lumină până acum, doar știi. Am putea să fim chiar uimiți de ce ar fi... continuă el să-și exprime dorința, iar ochii i se perindară peste trupul ei.

În ziua în care s-a mutat într-un salon privat, la cererea ei, el i-a adus un costum de trening. Atârna pe ea, dar nu putea ascunde prea mult din formele ei.

Ochii Norei luciră, privindu-l. Apoi, își închise ochii câteva secunde, își încleștă și descleștă mâinile de câteva ori, iar apoi îl privi drept în ochi.

-În acest moment, am o fobie despre orice fel de relații cu un bărbat.

-Ştiu că abia ai divorţat şi nu vreau să te presez...

Matt făcu un pas în direcţia ei, dar ea îi opri cuvintele şi avansul cu un gest.

-Nu este vorba de divorţ, Matt. Divorţul a fost finalul. Au fost câţiva ani de resentimente şi supărări... şi... ştiu că nu sunt tocmai corectă acum, dar pun toţi bărbaţii în aceeaşi categorie – nevrednici, de neîncredere şi cel mai bine, duşi din viaţa mea.

-Înţeleg, spuse Matt liniştit. Cred... că nu te voi mai deranja atunci. Când eşti din nou bine şi poţi avea grijă de Nat, voi ieşi din viaţa ta, nu te îngrijora, îi replică el cu amărăciune.

Nora îl privi atent, iar apoi veni la el şi îi atinse pieptul.

-Nu, nu cred că vreau asta cu adevărat. Poate... putem încerca să vedem unde duce totul... Dar ştii că Nat merge oriunde merg eu... Nu am cu cine să-l las şi...

-Nu îţi fă griji, îi replică Matt, luându-i mâinile între ale lui.

Speranţa îi strălucea în ochi, iar tonul lui nu mai suna la fel de resemnat şi amar ca înainte.

-Nu mă deranjează să-l am pe Nat cu mine. Şi poate, din când în când, poate să stea cu Becka şi Bryan câteva ore, să ai şi tu un pic de pauză, îi zâmbi el.

-Asta cu siguranţă, veni replica Beckăi de la uşă.

Se întoarseră spre ea, amândoi surprinşi şi chiar un pic vinovaţi, iar Becka surâse cu afectare.

-Cred că este o idee fantastică, Matt, şi sunt sigură că şi Nat gândeşte la fel, nu-i aşa Nat? Nu-ţi place să-ţi petreci timpul cu mine şi cu Bryan?

Nat dădu din cap viguros, iar apoi spuse:

-Şi Bryan şi găteşte. Ca tine, mami. Mâncarea lui este la fel de bună ca a ta, spuse el, şi îşi linse buzele făcându-i să râdă.

-Deci eşti o bucătăreasă bună, trase Becka concluzia. Aceasta e chiar perfect. Matt nu poate găti nimic, ridică ea din umeri. Cam ca mine. Matt, crezi că este vreo genă care lipseşte din codul nostru genetic sau ce?

Matt râse şi-i împinse bărbia în sus cu degetul mare.

-Oh, eşti atât de glumeaţă, puştoaico.

-Apropo, îi spuse Becka Norei, sâmbătă Matt îl va lua pe Nat să navigheze pe lac.

Nora se încruntă şi se întoarse spre Matt.

-Nu cred că este prudent.

-Oh, da, este, o contrazise Becka şi o bătu pe umăr să îi domolească orice supărare. Matt este cel mai bun şi prudent marinar pe care o să-l găseşti vreodată, plus că însistă ca musafirii să poarte veste de salvare, aşa că Nat nu va fi în nici un fel de pericol.

Nora păru să cam şovăie, dar chipul fiul ei, care o implora, o determină să se întoarcă spre Matt şi să îl întrebe:

-Eşti sigur că poţi avea grijă de el în timp ce navighezi?

-Desigur că pot, răspunse el, ofensat de lipsa ei de încredere.

-Şi dacă o pot convinge pe mami să vină şi să aibă grijă de bebeluşi, Bryan şi cu mine îi putem însoţi atunci.

-Şi după-masă, vom veni la tine ca să vezi că Nat este întreg, glumi Matt, ceea ce regretă imediat când Nora se încruntă la el.

-Apropo, spuse Becka, îmi pare rău, dar Nat nu va putea veni mâine să te viziteze. Am cumpărat bilete la un spectacol cu marionete şi este chiar imediat după somnul lui de după-masă, se scuză ea. Am sperat să nu te superi...

Nora îşi scutură capul imediat.

-Nu este nici o problemă. Pot să supravieţuiesc fără vizitatori pentru o zi, zâmbi ea, chiar dacă zâmbetul îi era trist.

DILEMA LUI MATT

-Tot mă vei avea pe mine, se grăbi Matt să spună.

Becka izbucni în râs la expresia de pe chipul lui când şi-a dat seama ce a spus.

-Vreau să spun că eu voi veni, îşi reformulă el declaraţia, uitându-se urât la Becka.

CAPITOLUL 10

MATT ABIA AȘTEPTA SĂ aibă o vizită cu Nora doar pentru el însuși. Îi plăcuse să o vadă interacționând cu Nat și fusese foarte mulțumit să o vadă pe Nora înțelegându-se cu Becka.

Și cu toate acestea, își dorea foarte mult să fie singur cu ea. Își dorea să dezvolte acea relație de care îi vorbise, iar acel lucru nu mergea prea lin când mai erau martori în încăpere.

I-a condus pe Nat și Becka la spectacolul de marionete cu mașina, promițându-le să se întoarcă să îi ia înainte ca spectacolul să se încheie. Apoi s-a grăbit spre spital, iar pe drum acolo s-a oprit și a cumpărat un ghiveci cu o orhidee.

Își amintea cuvintele lui Nat. Oamenii aduceau flori când vizitau pe cineva în spital.

Matt s-a gândit puțin mai departe și a decis să-i cumpere și niște prăjiturele ca să aibă ce ronțăi, câteva reviste și o carte nouă. Deja îi adusese vreo două cărți cu o zi înainte, dar nu credea că găsea ea prea multe de făcut într-o cameră de spital. El, unul, s-ar fi cățărat pe pereți dacă ar fi fost în locul ei.

Nu era prea sigur în legătură cu revistele, dar decisese că nu putea da greș cu un National Geographic și un Reader's Digest.

UN CIOCĂNIT ÎN UŞA salonului îi aduse un zâmbet pe buzele Norei. Matt ajunsese mai devreme, dar ei nu-i părea rău că el era deja acolo.

Se gândise la acea vizită încă din ziua de dinainte. O dată ce el i-a plantat ideea în cap, nu se mai gândise la altceva.

Lăsă pe pernă cartea pe care o citea şi spuse:

-Intră.

Uşa se deschise şi, spre surpriza ei, nu era Matt cel care intră în salon. O femeie bătrână, undeva peste optzeci de ani dacă nu şi mai mult de atât, intră în încăpere cu mersul unui general. Părul ei alb făcea ca ochii ei negri să pară şi mai impunători, iar acei ochi se fixară pe Nora, imediat după ce a intrat în cameră şi a închis uşa în urma ei.

Deşi putea vedea ceva asemănare cu Matt, în special în felul drept în care se ţinea femeia şi în forma ochilor, nasului şi a gurii, Nora remarcă:

-Mi-e teamă că aveţi salonul greşit.

Femeia îi dădea frisoane. Privirea ei străpungătoare şi zâmbetul afişat pe buze nu o linişteau pe Nora deloc.

-Am camera corectă, spuse femeia şi avansă în încăpere. Sunt Rebecca, străbunica lui Matt. Cred că era deja timpul să ne întâlnim, observă ea, întinzându-şi mâna către Nora.

Nora îi strânse mâna politicos, dar replică:

-Nici măcar nu m-am gândit că era timpul să ne întâlnim. Nu sunt decât o cunoştinţă trecătoare a lui Matt şi...

-Aiureli, i-o întoarse Rebecca, iar ochii Norei se lărgiră. Cunoştinţă trecătoare, de parcă aş crede aşa ceva. Strănepotul meu nu are obiceiul să aibă grijă de copiii oamenilor. Nici nu cred că şi-a petrecut vreodată mai mult de două minute din viaţa lui cu un copil înainte de a te întâlni pe tine, îşi flutură ea mâna dispreţuitoare.

-Poate că a avut motivele lui, spuse Nora blând şi îi indică bătrânei femei un scaun să ia loc, chiar dacă ar fi preferat s-o trimită la plimbare.

Rebecca se aşeză pe scaun, în timp ce Nora luă loc pe marginea saltelei patului. Vizita Rebeccăi o neliniştea, iar nervozitatea îi creştea cu fiecare secundă.

Nora presupuse că bătrâna venise să-i spună 'dispari şi lasă-mi strănepotul în pace', iar ea nu era sigură cam cum să reacţioneze la aşa ceva.

Încă din după-masa din ziua precedentă, s-a tot gândit la toate cu mare grijă şi simţea că dorea să ajungă să-l cunoască pe Matt mai bine. Nu era prea încântată de imixtiunea Rebeccăi, dar pe moment, decise să aştepte înainte de a reacţiona.

-Ţi-am adus nişte ciocolate, spuse Rebecca şi scoase o cutie de ciocolate din geanta ei uriaşă.

Nora îi mulţumi cu jumătate de voce şi puse ciocolăţile pe noptieră, lângă florile pe care le primise de la Nat şi Matt.

Ambele femei se evaluară una pe cealaltă în tăcere câteva minute, iar apoi, Rebecca îşi începu atacul.

-Deci tu eşti femeia care mi l-ai vrăjit pe Matt al meu, spuse ea, iar vocea ei sugera că deja o judecase pe Nora şi că nu considera că ar corespunde standardelor.

O lumină de avertizare luci în ochii Norei. Îşi propuse să fie politicoasă cu femeia – la o adică era o femeie bătrână şi, pe deasupra, străbunica lui Matt, dar nu voia să o lase să o umilească.

Ştia că era o femeie obişnuită. Părul ei era doar puţin cam prea roşu, pielea extrem de palidă, iar ochii ei verzi prea proeminenţi pe chipul ei din cauza palidităţii. Nici măcar înălţimea ei nu ieşea în evidenţă, abia 1.65 cm. Ceea ce nu era atât de obişnuit, poate, era rotunjimea şoldurilor şi coapselor ei şi mărimea bustului.

-Trebuie să spun că muream de curiozitate să te cunosc, continuă Rebecca, fără să-i pese de încercarea Norei de a o avertiza. Matt nu a fost niciodată un om nemilos, dar nici nu a dat atât de mult de la el pentru a mulţumi pe careva. Şi-a rearanjat viaţa personală şi profesională în jurul tău şi al fiului tău, remarcă ea.

-Hai să-l lăsăm pe fiul meu în pace, ceru Nora pe o voce calmă, dar cu toate acestea oţelul se simţea în tonul ei, iar Rebecca râse.

-Hai să nu, i-o întoarse ea, iar ochii Norei fulgerară furtunos. Îmi place micul diavolaş. Este inteligent şi plin de energie – un copil bun. Cineva a avut grijă cum trebuie de el, recunoscu ea aportul Norei. Dar cu toate acestea, îşi flutură ea mâna, ideea este că este ceva cu tine şi tu l-ai atras pe Matty al meu, continuă bătrâna.

Nora o privi cu neîncredere. Da, Matt arătase ceva interes, dar nu părea îndrăgostit de ea. Îşi exprimase numai dorinţa de a explora o posibilă relaţie între ei. Aceasta nu însemna că era vrăjit, după cum pretindea Rebecca.

-Nu e uita aşa la mine, domnişorico, se răsti Rebecca. Îmi cunosc băiatul şi ştiu că este înnebunit după tine.

-Dacă este doar înnebunit, nu aveţi de ce să vă faceţi griji, remarcă Nora foarte pragmatic.

Stătea cu spatele drept ca o lumânare și își ținea mâinile liniștite în poală. Cu toate acestea, pe dinăuntru clocotea.

Cum de îndrăznești să vii aici și să mă judeci? Ce te face să crezi că ești mai bună decât mine?

-Mă voi îngrijora dacă vreau. Acum, eu vreau ce este mai bun pentru băiatul meu, continuă Rebecca de parcă ar fi discutat vremea. Probabil că ești o fată bună, considerând felul în care a fost crescut Nat dar..., făcu ea o pauză pentru efect, nu ești cea mai bună.

Timp de o secundă, Nora avu senzația că nu mai poate respira. Știa că bătrâna cotoroanță va spune așa ceva, și cu toate acestea, tot a surprins-o.

-Din nou, de ce ai venit aici? întrebă ea cu nonșalanță de parcă nu fusese deja insultată.

-Este foarte simplu, fată, replică Rebecca. Ai nevoie de bani. Nu există nici o îndoială în privința aceasta, continuă ea, iar ironia i se simți în voce. Deja știu totul despre tine. Așa am și dat de urma ta aici, gesticulă ea, arătând salonul de spital. Acum, trebuie doar să-mi spui cât de mulți bani vrei ca să îi dai drumul lui Matt. Viitorul lui este în altă parte, încheie femeia pe o voce poruncitoare.

Nora o privi complet șocată. Se așteptase la morală, la mai multe insulte, probabil chiar niște amenințări, dar nu se așteptase să i se ceară să-și numească prețul.

În ciuda surprizei sale, nu avu nevoie decât de câteva secunde ca să-și revină, iar apoi sări din pat și începu să urle.

CAPITOLUL 11

O CEAȚĂ DE GHEAȚĂ I se strecură în mintea lui Matt când sora medicală i-a spus că o femeie bătrână o vizita pe Nora. Cam știa el cine putea fi acea femeie.

Avu nevoie de câteva minute să reacționeze și să-și adune gândurile. Apoi, în grabă, îi aruncă peste umăr un 'mulțumesc' surorii medicale și aproape că alergă spre salonul de spital al Norei.

Percepu o voce ridicată venind din încăpere chiar înainte de a deschide ușa. Nu mai pierdu timp să ciocănească la ușă, ci pur și simplu, deschise ușa cu forță. Se opri în prag, cu nările fremătând și sprâncenele aproape înnodate pe frunte într-o încruntare amarnică.

Nora era în picioare deasupra străbunicii lui, iar el nu putu să nu o admire pentru că femeia arăta foarte bine cu acel aer războinic pe chip.

-Este clar? continuă ea fără să remarce sosirea lui. Nu am nevoie de banii sau de aprobarea ta. Poți să ți le bagi pe amândouă unde...

-Domnișorico, o întrerupse Rebecca. Limbajul ți se deteriorează din ce în ce mai mult, observă ea cu dispreț înghețat.

-Şi ce dacă? i-o întoarse ea. Nu îmi pasă de opinia ta despre mine şi nu mă poţi cumpăra.

-Desigur că nu, observă bătrâna. Nu e ca şi cum ai accepta să primeşti mai puţin când acum ştii care este valoarea financiară a lui Matt. Nu ai accepta, nu-i aşa? o privi ea dispreţuitor.

-Nu am nevoie de banii lui sau de banii tăi, sublinie Nora. Ceea ce am nevoie, câştig eu însămi. Dar ceea ce vreau de la tine este să ieşi din camera asta şi să nu te mai întorci, strigă ea.

Apoi, se întoarse spre uşă să o deschidă şi să o arunce pe bătrâna cotoroanţă afară. Când ochii îi căzură pe Matt, sângele îi îngheţă în vene.

Matt o privea cu ochi impenetrabili. Arăta bine, deşi părea uşor hărţuit, iar o urmă de regret îşi făcu cuib în inima ei.

Dar ea era o femeie practică, totuşi, aşa că strivi orice regrete şi sentimente şi spuse:

-Ai venit exact la timp să o conduci pe străbunica ta la uşă. Voi cere să fiu externată mâine dimineaţă, aşa că, da, îmi cer scuze, dar chiar am nevoie de ajutorul tău să mai ai grijă de Nat pentru mine în seara aceasta. Mâine, însă, îl voi lua din mâinile tale.

Spre sfârşit, vocea îi tremura, deşi îşi începuse discursul destul de calm.

Matt nu-i răspunse imediat. Vocea ei plată îi sunase încordată în urechi. O privi în ochi şi descoperi că şi ochii îi erau lipsiţi de orice strălucire. Lumina pe care o văzuse acolo ieri dispăruse.

-Da, o voi conduce pe străbunica la uşă şi da, dacă vrei să părăseşti spitalul şi eşti în siguranţă să faci asta, sunt cu totul de acord. Ceea ce nu o să se întâmple însă, este să mă determini să plec, îi preciză el.

Micşorând distanţa dintre ei, îi atinse obrazul înroşit cu degetele. Furia îi pudrase pielea, iar buzele îi tremurau.

Fără să se gândească, se aplecă şi îşi atinse gura de a ei uşor. Degetele îi zăbovirâ pe faţa ei încă câteva clipe, iar apoi se îndreptă.

Se mai uită la ea câteva momente, iar apoi îi înmână punga cu lucrurile care i le-a adus.

-Ţine asta, Nora. Eu trebuie să mă ocup de străbunica, menţionă el sarcastic.

Se întoarse spre Rebecca şi o întrebă pe un ton vag interesat:

-Ai de gând să ieşi pe propriile tale picioare sau ai nevoie de ajutorul meu?

Ambele femei icnirâ. Nora nu-şi putea crede urechilor. Ea chiar crezuse că el va pleca şi că aşa se va încheia totul.

Rebecca era şi mai uluită. Nu-şi imaginase niciodată că Matt va acţiona efectiv împotriva ei. Da, presupuse că va mormăi el o vreme, dar că se va resemna şi va acţiona după cum voia ea.

Încercase să creeze o ruptură între Nora şi Matt cu o zi înainte când i-a spus copilului că Matt era tatăl său. Îi plăcea copilul destul de mult, dar nu credea că Matt ar trebui să fie cu cineva numai din cauza simţului său de datorie. Ea dorea ceva mai mult pentru el.

-Cum îndrăzneşti să-mi vorbeşti aşa? sări ea cu gura pe el.

-Am întrebat dacă pleci tu singură sau trebuie să te scot eu cu forța, își reformulă el declarația precedentă și o privi el pe Rebecca intimidant.

Bătrâna pufni și chipul i se coloră. Norei îi păru rău pentru ea când văzu că buzele îi tremurau.

-Matt, îi atinse ea brațul ezitând. Poate că ar trebui...

-Ar fi trebuit să o fac de mult timp, o contrazise Matt pe un ton de oțel. Scuză-mă, draga mea, spuse el și îi luă mâna de pe brațul lui.

Se apropie mai mult de Rebecca și, pe un ton descurajant, o întrebă din nou:

-Deci ce alegi, buni?

-Dacă tu crezi că Marjorie nu va auzi despre asta... începu Rebecca să-l amenințe, dar Matt își ridică mâna și o opri.

-Nu dau un... o smochină, își cenzură el limbajul. Mama va înțelege, ridică el din umeri. Acum, vreau ca tu să pleci, spuse el pe un ton și mai sever.

Rebecca consideră că suportase destul. Se îndreptă și pe cea mai autoritară voce pe care o putea găsi în acel moment, replică:

-Înțelegi că nu vei pune niciodată mâna pe banii din trust.

Nora icni ușor. Niciodată nu inenționase să-l facă pe Matt să-și piardă banii sau să-l facă să se certe cu familia lui din cauza ei.

Ea se grăbi spre el și îi atinse brațul din nou:

- Matt, nu vreau ca tu să...

-Dar eu vreau, îi replică el, continuând să o privească pe Rebecca cu ochi duri care nu lăsau loc la compromis.

Rebecca își dădu seama că el nu va da înapoi și îl privi urât. Se întoarse pe tocuri și, fără un cuvânt, părăsi încăperea.

DILEMA LUI MATT

Matt luă notă de privirea ei şi imediat îşi dădu seama ce va face ea mai întâi. Se întoarse spre Nora, îi mângâie faţa cu degetele, iar apoi îi spuse:

-Îmi pare rău, dar trebuie să o anunţ pe mama că Rebecca va parca pe scările de la uşa ei.

-Oh, Doamne, mama ta mă va urî, chiar dacă numai pentru acest lucru, exclamă Nora cu groază.

Şansele ei cu Matt deveneau din ce în ce mai fragile, iar ea se mustră pe sine însuşi că nu şi-a ascultat propria ei raţiune.

Ştia că nu ar fi trebuit să se implice cu nici un bărbat. Avea alte priorităţi în minte şi, din nou, şi-o făcuse cu mâna ei şi va avea o nouă dezamăgire.

-Fii serioasă, îi replică Matt. Mama nu este genul ăsta, îi explică el şi o ajută să se aşeze pe pat.

Apoi îşi scoase telefonul din buzunar ca să-şi sune mama. Intenţiona să-l sune pe Jay după aceea şi să-l roage să se ducă să îi ia pe Becka şi Nat de la teatru şi să-i aducă la spital.

CAPITOLUL 12

NORA L-A PRIVIT PE Matt vorbind cu fratele său, Jay, la telefon și a invidiat caramaderia degajată dintre ei doi. Ea nu avusese niciodată o relație atât de deschisă și caldă cu nimeni din familia ei.

Îi simțise tensiunea din corp – bărbatul era furios la culme, iar aceasta o făcuse și pe ea să fie nervoasă. Cu toate acestea, acum, el își revenise și semăna mult mai mult cu bărbatul calm pe care îl știa.

Matt o surprinsese pe Nora a două oară pe ziua aceea când i-a telefonat mamei lui în prezența ei. Ea se gândise că el va părăsi camera pentru ca ea să nu îi poată auzi explicațiile.

Apelul nu durase foarte mult. Matt îi explicase mamei sale succinct că avea o iubită, ceea ce o uluise și mai mult pe Nora. Nu știuse că el se gândea la ea în astfel de termeni. Nu că ar fi deranjat-o. Era ea o femeie realistă, dar tot îi plăcea să mai viseze din când în când și, într-o perioadă foarte scurtă de timp, își imaginase multe în legătură cu Matt.

El de asemenea îi mărturisise mamei sale că alegerea sa nu corespundea cu așteptările străbunicii lui și, în consecință, ea a încercat tot posibilul să îl saboteze, ceea ce el nu putea accepta.

Nu intrase în detalii, dar a avertizat-o pe mama lui că, probabil, Rebecca era pe drum spre casa ei. Cu siguranță, va dori să se plângă de faptul că el s-a dovedit un broscoi nerecunoscător.

Nora nu putuse să audă replicile mamei sale, dar cuvintele și atitudinea lui Matt o surprinseseră. Chiar a și râs de câteva ori, iar în final, se resemnase să accepte invitația la cină în numele Norei pentru când ea ar fi părăsit spitalul.

Lui Jay îi trebuiră și mai puține explicații decât fuseseră necesare pentru mama lui Matt. Matt i-a spus numai că s-a certat cu Rebecca, care intervenise în relația lui cu Nora, și i-a cerut să meargă și să-i ia pe Becka și Nat de la teatru cu mașina și să-i aducă la spital.

Nu voia să părăsească spitalul înainte de a avea șansa să vorbească cu Nora, iar Bryan avea grijă de bebeluși în după-masa aceea.

După ce a terminat de organizat totul după cum își dorea, și-a îndesat telefonul în buzunar și s-a întors spre ea.

-Cred că trebuie să îmi cer scuze pentru comportamentul străbunicii mele, spuse Matt, iar ținuta lui trăda faptul că nu era foarte sigur ce ar fi trebuit să spună.

Nora se ridicase de pe pat și rămăsese în picioare în tot acel timp, iar acum, extenuată după toată comoția și rollercoasterul de emoții și cuvinte, se îndreptă cu greutate spre pat și se așeză. Abia se ținea pe picioarele anchilozate care o dureau.

Doctorul o sfătuise să folosească cârjele, dar dacă șchiopăta nu punea prea multă greutate pe piciorul rănit. Prefera să nu fie stânjenită de cârje, mai ales pentru că o durea pieptul ori de câte ori le folosea.

Îl privi gânditoare și îi replică:

-Ştii că ea crede că i-am refuzat banii numai pentru că aş şti că tu ai mai mult.

-Şi de ce ţi-ar păsa? o întrebă el. Nu păreai să-ţi pese de ce credeau oamenii despre tine acum câteva zile, făcu el aluzie la ziua din biroul lui.

-Nu-mi păsa atunci de tine, recunoscu ea cu o ridicare din umeri, dar se pare că acum îmi pasă.

-Şi de ce îţi pasă acum? micşoră Matt distanţa dintre ei.

Se aşeză pe pat lângă ea, îi luă mâna într-a lui şi îi simţi tremurul uşor al degetelor.

'*Nu este indiferentă faţă de mine. Chiar departe de asta.*' Un zâmbet satisfăcut îşi făcu loc pe buzele lui şi el îi strânse degetele cu grijă.

-Pentru că contează, replică Nora liniştit, uitându-se direct în ochii lui. Este imposibil ca tu să nu crezi că sunt o vânătoare de avere, în special considerând tot ceea ce ştii despre mine, continuă ea cu tristeţe.

Îşi amintea foarte bine ce se spusese în sala de conferinţă din biroul lui. Nu uitase nici ceea ce el îi spusese pe stradă când se întâlniseră.

-Ştiu mai bine acum, spuse el şi îi trase degetele spre gura lui.

Nora se uită urât la el şi îşi trase degetele înapoi.

-Ce ştii mai bine acum?

Matt oftă adânc. Ştiuse că va trebui să-i spună într-o zi, dar sperase că nu aceea va fi acea zi.

Avusese loc destul tumult în după-masa aceea, iar el se temea că ea nu va răspunde foarte bine când va afla adevărul.

Avea nevoie să se distanțeze emoțional pentru a îi spune totul, așa că se ridică în picioare și se îndreptă leneș spre fereastră unde se sprijini de pervaz. Ochii i se plimbară peste silueta ei, iar o lumină stranie îi luci în pupilele de un albastru închis. Privirea îi poposi pe câteva locuri anume, iar nările îi fremătară. Apoi, deveni serios și o privi drept în ochi.

-Am făcut ceea ce ar fi trebuit să fac înainte ca tu să fi semnat hârtiile acelea de divorț, mărturisi el până la urmă.

Ea trase adânc aer în piept pentru că nu simțea că ar avea destul aer. Nu putea să-și ia privirile de la el. Ochii lui Matt o țineau efectiv prizonieră.

-Ce vrea să însemne aceasta? ceru ea explicații.

-Înseamnă că am angajat un investigator, replică el liniștit, privind-o cu atenție, pentru că nu voia să piardă nici una dintre reacțiile care îi jucau în mod deschis pe chip.

-De ce? izbucni ea, iar ochii i se îngustară.

Avea ea unele suspiciuni și nu-i plăceau defel. După ce aflase că Rebecca a verificat-o, să audă acelaș lucru de la Matt o făcea să clocotească.

-Pentru că, de-a lungul ultimelor câteva zile, am ajuns să te cunosc, așa cum ești tu în realitate, iar ceea ce citisem în acel dosar înainte de aceea întâlnire nu se prea potrivea cu ceea ce aveam în fața ochilor, ridică el din umeri ca să se scuze.

-Deci voiai să te asiguri că nu încerc să te amăgesc, replică ea pe o voce certăreață.

Matt nu spuse nimic câteva secunde, ci numai o privi. Știa cu acuitate că ce urma să spună s-ar fi putut să-i distrugă orice șansă ar fi avut cu ea.

DILEMA LUI MATT

-Nu ai fi făcut acelaş lucru? întrebă el pe un ton liniştit. Vreau să spun că am citit acel dosar, şi am crezut că informaţia pe care o aveam în faţa ochilor era corectă – lucru pentru care, apropo, îl voi ucide pe partenerul meu când se va întoarce din luna de miere, spuse el printre dinţi. Ar fi trebuit să-şi facă temele şi să nu accepte cazul. Ştiu că sântem avocaţi şi că uneori apărăm oameni care nu o merită, dar nu în astfel de situaţii, cum a fost a ta, spuse el furios, încleştându-şi şi descleştându-şi pumnii.

Avu nevoie de câteva clipe să se calmeze, iar apoi continuă, arătând spre ea:

-Şi apoi, am avut ocazia să te văd aici. Am ajuns să te cunosc şi nimic din ceea ce vedeam nu se potrivea cu imaginea pe care o aveam deja despre tine în mintea mea. Într-o asemenea situaţie, nu ţi-ai fi chestionat instinctele, Nora? întrebă Matt pe un ton moale.

'*În special, când deja te-ai ars o dată,*' adăugă el în gând caustic, dar îşi păstră ochii asupra ei.

-Poate că da, recunoscu ea cu o ridicare din umeri, fără să se implice prea mult.

Înţelegea într-un fel, deşi nu se simţea prea în largul ei cu el pentru că el ştia totul despre ea în timp ce ea nu ştia mai nimic despre el.

-Ştii, nu sântem egali în absolut nimic, sublinie ea.

-Ce... naiba vrei să spui? mormăi el, găsindu-se din nou în situaţia de a schimba ceea ce voia să spună la jumătatea propoziţiei.

Limbajul lui se deteriorase din ce în ce mai mult în ultimele câteva zile, şi el ştia cine era de vină pentru aceasta.

-Păi, hai să vedem, își bătu ea un deget de buze, brusc simțind dorința de a fi rea.

Ziua îi întinsese nervii la maximum și nu se terminase încă. Avea nevoie să elibereze ceva din presiunea pe care o resimțea și îl alesese pe el ca recipientul furiei ei. Știa că nu era prea corectă, dar în acel moment, a fi corect părea să fie supraevaluat.

-Se pare că tu știi totul despre mine, în timp ce eu nu știu nimic despre tine, clarifică ea.

-Știi destule, spuse el, împingându-se de la fereastră.

Cu câțiva pași apăsați veni spre ea.

-Haide, Nora! Până acum, am petrecut împreună o bună parte a câtorva zile împreună. Este imposibil să nu-ți fi făcut o anume părere despre mine. Știu că sunt alte lucruri pe care trebuie să le afli și le vei afla, spuse el.

Matt respiră adânc pentru a-și calma dubiile. Puțini oameni i-ar fi acceptat familia nebună, în special din cauza aptitudinilor lor speciale.

-Probabil că vor fi lucruri care nu îți vor place sau care te vor face să fugi și să te ascunzi, știu asta, dar nu voi ascunde nimic de tine, declară el cu hotărâre.

Acum se aplecase deasupra ei. Nu se simțea deloc comfortabil cu decizia lui de a fi complet onest cu ea. Nu mai încercase așa ceva înainte. Mereu păstrase câte ceva secret, chiar și față de părinții sau frații lui.

-Tu ai bani, iar eu nu am decât un salariu, sublinie ea. Mi-am pierdut și economiile când am contribuit la avansul pentru casă, explică ea pe o voce abătută.

-Da, ştiu. Erau banii pe care ar fi trebuit să îi primeşti după divorţ, iar eu am făcut ca acel lucru să devină imposibil, ştiu, dădu Matt din cap, posomorât acum, iar degetele sale nervoase îi trecură prin păr.

-Nu trece peste ce vreau eu să spun, Matt, se răsti Nora la el. Nu am vrut să spun că am pierdut bani din cauza ta. Am spus că tu ai bani, în timp ce eu nu am.

-Nu este important, îşi flutură el degetele pentru a-i îndepărta argumentul.

-Cum poţi spune că este neimportant? Rebecca deja m-a etichetat, iar restul familiei tale îi va urma exemplul curând, spuse ea cu exasperare.

-Unii dintre ei o vor face, admise el şi se aşeză lângă ea.

El îi luă mâna într-a lui din nou. Acum un zâmbet îi juca pe buze şi o înnebunea pe Nora.

-Cum se poate să nu îţi pese absolut deloc de aşa ceva? strigă ea. Matt, vorbesc cu tine, îl înghionti ea, când văzu că era mai interesat de palma ei decât de ce avea ea de spus.

-Ştiu că vorbeşti cu mine, îşi ridică el ochii la ea, brusc foarte serios. Îţi garantez că vor fi membrii de familie care vor încerca să îţi submineze poziţia şi să spună lucruri oribile despre tine. S-ar fi întâmplat acest lucru şi dacă ai fi avut avere sau sânge albastru sau orice altceva. Bryan a trecut prin toate astea, să ştii. Dacă Becka şi el au supravieţuit, în final, vom supravieţui şi noi, îţi promit.

-Am un copil, îi reaminti ea.

-Şi ce dacă? Nu văd nici o problemă aici. Micul diavol este deştept şi dulce. Şi este al tău, aşa că nu am nici o problemă cu el.

-Dar alții vor avea, replică ea liniștit și îi atinse chipul. S-ar putea să nu fiu cea mai bună alegere pentru tine Matt, nici măcar pentru o aventură amoroasă de scurtă durată.

-În primul rând, nu am nevoie de o aventură amoroasă de scurtă durată, Nora, îi replică el pe un ton sec. Dacă aș fi vrut o aventură de acest gen, nu aș fi aici. În al doilea rând, nu-mi pasă de cea mai bună alegere, îi spuse el privind-o intens. Îmi pasă numai de alegerea mea.

Se aplecă și îi sărută buzele scurt, iar apoi se ridică în picioare pentru că trebuia să scape de frustrarea lui mergând.

-Uite cum stă treaba. Am putea să ne despărțim astăzi sau mâine sau anul viitor. Sau putem rămâne împreună, spuse Matt și iritat se întoarse spre ea. Ce va fi, va fi, spuse el. Nu putem schimba asta, Nora. Dar să fiu al naibii dacă las niște ipocriți să-mi dicteze acțiunile sau alegerile, tună el, iar ochii Norei se lărgiră.

-Foarte bine spus, fiule, o voce melodică veni dinspre ușă.

CAPITOLUL 13

ŞOCAŢI, ŞI NORA ŞI Matt se întoarseră într-acolo în acelaş timp. Cineva intrase în salon şi ei nici măcar nu observaseră. Un strigăt discret zbură de pe buzele Norei, dar mâna lui Matt pe a ei o linişti, asigurând-o că totul era în regulă.

Marjorie Winston şi soţul ei Jonathan stăteau chiar dincolo de pragul uşii, ţinându-se de mâini ca întotdeauna. Mândria pentru primul ei născut îi adusese lacrimi în ochii lui Marjorie.

Jonathan îi zâmbi tânărului cuplu cu încântare. O dată, în trecut, şi el fusese în exact acea poziţie neplăcută ca şi fiul său acum, iar el înţelegea cel mai bine ce simţea Matt.

-Mamă, exclamă Matt cu exasperare. Am crezut că am aranjat să ne vedem când îi vor da drumul Norei din spital, îi reproşă el.

-Ştiu, ştiu, îşi flutură ea mâna. De asemenea, ştiu că ai fi găsit tu o cale să mă ţii deoparte, de teamă că aş încerca să mă amestec în treaba ta ca buni, îl mustră ea, mişcându-şi degetul pe sub nasul lui. Ar trebui să mă cunoşti mai bine, primul meu născut, îl certă ea. Mai mult decât atât, aveam nevoie de un motiv ca să nu vorbesc cu buni. A venit exact când plecam. Ne-am scuzat pentru că eram în grabă şi am lăsat-o acolo, spuse ea, iar apoi, se opri gânditoare. Sper să nu fie tot acolo pe verandă când ne întoarcem acasă. Nu i-a prea convenit, trebuie să spun.

Nora își aruncă privirea spre Matt, iar roșeața ce se întinsese pe chipul și gâtul lui o surprinse.

-Nu ai vrea să faci prezentările, Matty? îl întrebă tatăl său amuzat, iar zâmbetul i se reflectă în ochii întunecați.

Curioasă, Nora îi studie pe părinții lui Matt. Acesta nu îi semăna doar unuia dintre ei. Avea ochii mamei sale și pigmentul pielii tatălui său.

Mama sa părea a fi o natură mai serioasă, iar tatăl său mai nepretențios. Temperamentul lui Matt era o combinație a firilor părinților lui.

Matt oftă și își aruncă privirea spre Nora. Ridică din umeri, o luă de mână și o aduse în fața părinților lui.

-Aceasta este Nora, prietena mea, o prezentă el. Nora, aceasta este dulcea și băgăreața mea mamă, Marjorie Winston, iar acesta este tatăl meu, care, dacă îl cunosc bine, și îl cunosc, a fost clar târât ca să vină aici. Numele lui este Jonathan Winston.

Nora abia își stăpâni râsul, dar tatăl lui râse din toată inima și își plesni fiul peste umăr.

Marjorie îi aruncă o încruntare lui Matt, iar apoi luă mâna întinsă a Norei. Dar, în loc să i-o strângă, a tras-o pe tânăra femeie într-o îmbrățișare.

Acum, gestul acela a uluit-o pe Nora. Se așteptase la o primire diferită din partea părinților lui Matt. Cu siguranță aceștia ar fi trebuit să aibă așteptări mai mari de la fiul lor, nu o mamă singură, aproape falimentară.

DILEMA LUI MATT

Nici măcar nu știa care îi mai era situația financiară în acel moment. Matt o ajutase să completeze formularele pentru cererea de invaliditate cu două zile în urmă, dar tot mai avea ceva de așteptat până să primească un răspuns.

O îmbrățișă și ea pe Marjorie cu stângăcie, iar imediat ce Marjorie îi dădu drumul, Jonathan o prinse într-o îmbrățișare de urs. La fel de înalt și de bine clădit ca și Matt, Jonathan nu se obosi să-și controleze puterea, iar ea țipă la durerea bruscă.

Imediat, Matt o trase din brațele lui și, cu o încruntare feroce, strigă la tatăl său:

-Este rănită, ce naiba!

Apoi o conduse spre pat ca și cum Norei i s-ar fi făcut rău în fața lor și o îndemnă să se întindă.

-Nu vreau să mă întind în fața părinților tăi, Matt, se împotrivi ea. Sunt bine, nu a fost decât o durere de moment, să știi, încercă ea să îl convingă, dar el nu era dispus să audă nimic.

-Pe cine crezi că păcălești acum? Dacă nu aș știi natura rănilor tale..., își scutură Matt capul.

-Îmi pare foarte rău, Nora, veni Jonathan și o mângâie pe braț. Nu mi-am dat seama că ai fost rănită, explică el.

-De ce ar fi internată în spital dacă nu ar fi fost rănită? mârâi Matt, iar toată lumea se uită la el de parcă și-ar fi pierdut mințile.

-Nu e ca și cum aș fi știut circumstanțele spitalizării ei, îi reproșă Jonathan fiului său.

-Nu te îngrijora, își flutură Nora mâna pentru a înlătura îngrijorarea sinceră a lui Jonathan.

Apoi, se întoarse spre Matt și, pe un ton blând, îi spuse:

-A fost doar o durere de moment, cu adevărat. Sunt bine. Chiar voi vorbi cu doctorul mâine dimineață să îmi dea drumul din spital, îi explică ea, mângâindu-l pe braț pentru a-l calma.

-Dă-i voie să se îngrijoreze, păpușă, îi spuse Marjorie.

Veni și ea spre pat și își făcu loc între cei doi bărbați. Cu blândețe, dar cu o hotărâre de fier, o ajută pe Nora să se întindă, ceea ce îl făcu pe Matt foarte fericit.

-Trebuie ca din când în când să mai cedezi în fața dorințelor unui bărbat. Mândria lor este foarte fragilă, mă tem, și este nevoie să-i împaci, spuse ea, dându-i Norei părul la o parte de pe frunte.

-Hei! se auzi un întreg cor de proteste masculine de peste tot din încăpere.

Nora trase cu ochiul pe lângă Marjorie și râse. Atât Matt cât și Jonathan se încruntau. Abia apoi remarcă încruntarea unui al treilea bărbat, care venise cu Becka și Nat. Era o adevărată adunare de oameni în salonul ei.

Netulburată, Marjorie o bătu pe mână, iar apoi se întoarse la ceilalți și spuse cu nonșalanță:

-Este adevărat, doar știți.

Apoi remarcă și ea pe noii veniți în încăpere și îi salută:

-Bună, Becka și Jay. Nu v-am văzut mai înainte.

-Am ajuns exact la timp să te aud, mătușică, surâse Becka. Și eu sunt de acord cu tine întru totul, dădu ea din cap viguros.

-Nu și tu, se plânse Jay.

-Pe cine avem aici? privi Marjorie spre copilul care se agățase de mâna Beckăi.

Nat se ascunse în spatele Beckăi cu timiditate, iar Nora încercă să sară din pat, dar nu reuși pentru că Matt o opri.

-Uşor, draga mea. Mama nu-l va avea la desert, încercă el să glumească, dar încruntarea ei îi spuse că nu-l găsea amuzant defel.

Atunci o ajută să se ridice în şezut.

-Stai aici, îi ordonă el, iar ea se încruntă din nou.

Matt nu dădu nici cea mai mică atenţie încruntării ei, ci îl chemă pe Nat la el. Băiatul ieşi din spatele Beckăi şi se aruncă spre el, îmbrăţişându-i picioarele.

-Uşor, Nat, spuse Matt, pe acelaşi ton pe care îl folosise cu Nora. Uite, aceştia sunt părinţii mei, întoarse el copilul şi arătă spre Marjorie şi Jonathan.

Acele cuvinte au fost suficiente pentru băiat. Îşi uită complet timiditatea şi îi salută pe părinţii lui Matt cu un zâmbet.

Marjorie îl copleşi cu complimente şi îl făcu să se simtă important, iar Jonathan îi strânse mâna. Zâmbetul lui Nat strălucea de mândrie.

După câteva minute de discuţii fără importanţă, Marjorie se întoarse spre Nora:

-Deci vrei să fii externată mâine. Ştii că nu poţi merge acasă singură, în special cu Nat. Mă îndoiesc că te poţi descurca de una singură.

-Mă voi descurca, nu-ţi fă griji, îndepărtă Nora îngrijorarea lui Marjorie.

Nu dorea ca Marjorie să creadă că va fi o povară şi că se va agăţa de fiul ei.

Matt nici măcar nu se obosi să-i spună că se înşela. Pur şi simplu el trecu peste cuvintele ei autoritar, fără să-i pese de ce credea ea.

-Desigur că nu va fi singură. Ea și Nat vor sta cu mine până ce se însănătoșește. Înțeleg că va dura câteva luni.

-Matthew Winston, îi aruncă Nora o privire posomorâtă și îl împinse de lângă ea ca să se poată ridica. Nu îmi spui tu mie ce să fac, îl lovi ea în piept cu degetul.

-Și ea are același prost obicei ca și tine, mamă. Îi place să mă înghiontească cu degetul, râse Matt.

Jonathan și Jay se alăturară amuzamentului lui, ceea ce nu le făcu pe cele două femei să-i aprecieze prea mult.

-Mda, are același obicei, spuse Jay și, cu un surâs pe față, veni lângă Matt și îl înghionti cu cotul.

Cu toate acestea, nici Nora și nici Marjorie nu erau amuzate de cei doi. Nora își ridică o sprânceană și încercă să îl intimideze pe Matt cu privirea, în timp ce Marjorie doar se uită urât la ei.

Becka se gândi că mai bine ar salva ce mai rămăsese din acea vizită. Bărbații nu păreau conștienți de curentele negative, iar celelalte două femei clocoteau.

-Cred că Nora are dreptate să vrea să decidă ce va face până ce își va reveni complet, Matt, spuse ea, iar Matt o fulgeră cu privirea. Și sunt convinsă că va decide să locuiască cu tine și să profite de ajutorul tău cu Nat. Până la urmă, toți știm că îl iubește pe Nat mai presus de orice.

Nora știa că fusese prinsă în capcană de cuvintele Beckăi. Nu putea insista cu îndărătnicie că va locui singură. Știa că avea unele limitări fizice pentru moment și nu dorea să-și pună fiul în pericol. Cu toate acestea, nu părea corect ca, pur și simplu, să se mute cu Matt.

DILEMA LUI MATT

Nat tot privea de la un adult la altul. Comportamentul lor îl deruta, dar înțelese foarte bine că Matt dorea ca ei să stea cu el.

-Vom merge acasă cu Matt, mami, nu-i așa? o întrebă el pe Nora, forțând-o din nou să ia o hotărâre dificilă.

Ea oftă profund și spuse:

-Vom vedea, dulceață mică. Mami trebuie să se gândească un pic la asta, da?

CAPITOLUL 14

NORA STĂTEA PE PERNA plușată de pe pervazul lat al ferestrei, privind portul. Apartamenul lui Matt avea o vedere superbă la port și Nora deja învățase să se bucure de ea.

În dimineața după ce i-a cunoscut pe părinții lui Matt, Nora l-a convins pe doctor să o externeze. I-a promis că o va lua ușor și că va începe fizioterapia după două săptămâni.

Matt a susținut-o și l-a asigurat pe doctor că se va asigura ca ea să nu-și suprasolicite trupul. Desigur, el a dus-o imediat la apartmentul lui și a început să facă exact ce a promis.

În timpul acelei după-mese cu părinții lui Matt, de dragul lui Nat, acceptase să meargă acasă la Matt, deși nu era prea sigură că era o mișcare inteligentă din partea ei.

Ori de câte ori se gândea la întâlnirea cu Marjorie și Jonathan, își scutura capul cu buimăceală. Aceea a fost una dintre cele mai derutante după-amieze pe care o trăise vreodată și tot nu era convinsă că a înțeles pe deplin tot ce s-a întâmplat.

Nora se temea că totul i se va prăbuși la picioarele rapid. Avusese ea îndoielile ei când Matt venise să o ia de la spital în dimineața când a fost externată. Unele dintre acele dubii nu dispărusera de-a lungul următoarelor două zile, deși, de atunci, Matt a fost foarte atent, în felul lui.

Matt i-a oferit al treilea dormitor din apartamentul lui, ceea ce a ușurat-o puțin. Se temuse că el nutrea unele așteptări și ea nu credea că ar fi putut să i le îndeplinească, cel puțin nu atât de curând în relația lor.

Fostul ei soț o descrisese ca fiind o femeie de moravuri ușoare, dar, de fapt, ea era o femeie de modă veche. În afară de fostul ei soț, mai fusese implicată numai cu un alt bărbat înaintea căsătoriei, iar acea relație durase aproape trei ani.

În ciuda a tot, nu se simțea complet în largul ei în casa lui Matt, chiar dacă Matt făcuse eforturi serioase ca să o facă să se simtă bine-venită. Nu era obișnuită să se afle în picioarele cuiva sau să aștepte ca cineva să aibă grijă de tot ce avea ea nevoie, iar de aceea, se temea că, într-o bună zi, el s-ar fi simțit sufocat sau ar vedea-o pe ea sau pe fiul ei ca o povară.

Locuind în aceeași casă cu el o ajuta să înțeleagă mai bine ce fel de bărbat era. Mereu descoperea noi lucruri despre el și îi plăcea din ce în ce mai mult bărbatul pe care îl descoperea.

Și totuși, un lucru o întrista profund: Matt era poruncitor și arogant. Nu îi permitea să facă absolut nimic, nici măcar să-și ducă ceașca la chiuvetă sau la mașina de spălat vase. Cum se mișca, Matt sărea imediat în picioare și o împingea să stea jos sau să se întindă.

Se aștepta ca ea să se supună dictatului lui de a nu ridica un deget și să se odihnească cât mai mult posibil. Dacă nu se supunea, se iscau discuții.

Chiar și când venea vorba de Nat, aveau discuții. Nu se putea plânge că încerca să-i despartă. Era întru totul de acord ca ea să petreacă timp cu fiul său, dar numai dacă nu încerca să-i facă băiatului baie, de exemplu, sau să-i pregătească masa.

Bryan încă continua să le pregătească mâncarea, iar aceasta o jena enorm. Da, îi era dificil să stea în picioare şi să meargă, dar putea găti mai mult stând jos, după părerea ei. Dar, desigur, Matt nu voia să audă nici un fel de argument.

Gândul că el era atât de dominator o înnebunea. De aceea, se băteau cap în cap mai tot timpul şi nu petrecuseră nici măcar şaptezeci şi două de ore împreună încă.

De fiecare dată când se pornea o discuţie, Matt îi ţinea o întreagă predică. Vorbea mereu pe o voce calmă, ca şi cum ar fi încercat să o domolească. Acel ton al lui o enerva mai rău decât dacă ar fi ţipat la ea.

Doar avea ochi şi putea vedea cum îi zvâcnea muşchiul din maxilar sau cum îi fulgerau ochii, ori de câte ori ea se dovedea a fi încăpăţânată. Şi cu toate acestea, el pretindea că nu este supărat defel şi îi lăsa impresia că ea era cea care făcea din ţânţar armăsar şi care se supăra pentru o nimica toată. El se comporta ca şi cum ar fi încercat să calmeze izbucnirea de mânie necontrolată a unui copil.

Ţârâitul interfonului îi întrerupse gândurile. Îşi aruncă privirea spre uşă surprinsă. Cu o jumătate de oră în urmă, Matt plecase cu Nat să cumpere îngheţată, dar Nora se îndoia că el nu avea cheia cu el.

Pentru o clipă, se gândi să ignore interfonul, dar persoana care suna era foarte încăpăţânată şi tot apăsa codul de intrare. Cu inima cât un purice, Nora se îndreptă spre uşă pe vârfuri.

În sfârşit, interfonul tăcu, iar ea oftă cu satisfacţie, gândindu-se că a scăpat. Se întoarse să se ducă înapoi la locul ei favorit, când bipurile reîncepură şi ea efectiv sări în sus. Mişcarea bruscă îi zdruncină piciorul, iar ea ţipă din cauza durerii ascuţite şi lacrimi îi apărură în ochi.

Acum, din cauză că se enervase, apăsă pe butonul de la interfon și întrebă pe o voce beligerantă:

-Cine e acolo?

-În sfârșit, se auzi vocea melodioasă a lui Marjorie, iar Nora îngheță pe loc. Ne-am temut că ți s-a întâmplat ceva. Tocmai ce am vorbit cu Matt și el mi-a spus că ești singură acasă, spuse Marjorie, iar apoi oftă de ușurare. Dă-ne și nouă drumul înăuntru, Nora, draga mea, ceru ea.

Nora își închise ochii înfrântă. Nici nu voia ca măcar să știe cine era reprezentat de acel '*nouă*'. Prea mulți oameni se găseau în jurul lui Matt tot timpul. De-a lungul ultimilor ani, învățase să se mulțumească numai cu compania lui Nat. Nu avea familie sau un șir de prieteni care să o viziteze.

Apăsă butonul să deschidă ușa de jos, iar apoi descuie ușa de la apartament. După aceea, se sprijini de perete, așteptând ca grupul să urce sus.

Câteva minute mai târziu, un ciocănit răsună la ușă și ea o deschise. Uluită se uită la oamenii care se înghesuiau pe palier. Îi știa pe mulți dintre ei. Cel puțin îi întâlnise deja pe marea parte dintre ei.

Marjorie și Becka îi zâmbiră larg și intrară, deschizând drumul celorlalți. Marjorie îi luă unul dintre brațe, iar Becka pe celălalt. Ambele o ajutară să ajungă la sofa fără să-i permită să pună prea multă greutate pe piciorul rănit.

Ceilalți le urmară, vorbind unii cu alții și cărând pungi în mâini.

Nora nu putea înțelege familia aceea. Pur și simplu o derutau. Destul de ironic, o înțelegea pe Rebecca. Comportamentul ei era predictibil. Al lor nu era. Nu putea crede că au venit să o viziteze și nu ca să o mustre pentru că și-a pus mâinile pe băiatul lor de aur, Matt, după cum a spus Rebecca.

Marjorie se așeză lângă Nora cu un zâmbet absent pe chip și o bătu pe mână, ca și cum ar fi știut ce gânduri îi treceau femeii prin minte.

-Acesta este soțul meu, Bryan, spuse Becka, făcându-i semn unui bărbat înalt și bine clădit să vină și să facă cunoștință cu Nora.

Ochii Norei trecură peste umerii puternici și pomeții proeminenți. Observă cicatricea de pe obrazul său stâng, dar nu reacționă. Îi zâmbi strălucitor, recunoscătoare pentru tot ce făcuse pentru fiul ei și pentru ea.

-Îmi face plăcere să te cunosc, spuse el, strângându-i mâna. Mă duc să pun mâncarea în frigider, îi făcu el cu ochiul. Veți avea destul pentru vreo trei zile acum. O parte va merge în congelator, dar Matt este destul de capabil să o pună la microunde, rânji el.

-Jonathan, du și pungile noastre în bucătărie, îi ceru Marjorie soțului ei, pe un ton de general.

El se mulțumi să o salute în glumă. Mai întâi veni la Nora, o sărută pe obraz și o întrebă:

-Este totul bine? Te tratează fiul meu așa cum trebuie?

Surprinsă, Nora nu reuși să formuleze un răspuns, ci numai dădu din cap.

-Bine atunci, aprobă Jonathan, o bătu pe umăr și se îndreptă cu pași leneși în direcția bucătăriei.

-Și tu ai gătit? o întrebă Nora pe Marjorie necăjită.

-Desigur, draga mea. Vreau să spun că ştiu că Bryan găteşte în mod obişnuit pentru voi, dar trebuia să contribui şi eu cu ceva, îi explică Marjorie cu o ridicare din umeri. Ce fel de mamă aş fi dacă i-aş lăsa pe alţii să aibă grijă de copiii mei, hm?

Nora nu ştiu ce să răspundă şi, cu ochii mari, doar se holbă la ea. Pentru o clipă, crezu că Marjorie făcea aluzie la ea pentru că lăsa pe altcineva să aibă grijă de fiul ei. Marjorie îi frecă braţul şi îi zâmbi strălucitor, până ce Nora avu impresia că va începe, pur şi simplu, să ţipe.

-Acum să vedem... Îl ştii deja pe Jay, continuă Marjorie, ca şi cum nu ar fi remarcat confuzia şi tristeţea Norei.

Jay îi făcu un semn cu mâna şi rânjteul lui îi spuse Norei că el ghicise la ce se gândea ea. Nora se întrebă ce ar spune el dacă i-ar fi şters rânjetul de pe buze cu un pumn bine plasat. Acei Winstoni se jucau cu mintea ei.

-Aceasta este fiica noastră, Maggie. Este sora geamănă a lui Jay, specifică Marjorie cu o umbră de zâmbet în colţul gurii.

Nora înţelese imediat de ce. Maggie şi Jay nu arătau deloc la fel. Jay îi moştenise ochii tatălui său, iar părul îi era blond închis, în timp ce Maggie avea ochii mamei sale şi culoarea pielii tatălui ei, ca şi Matt. Oricine ar fi ghicit că Maggie şi Matt erau fraţi. Ar fi fost mai dificil să-l plaseze pe Jay în familie, dacă nu ar fi cunoscut-o şi pe mamă.

-Hei, bună, o salută Maggie cu exuberanţă, aproape ţopăind pe loc, iar buclele îi zburară în toate direcţiile.

La tonul vocii ei, Nora se crispă înlăuntrul ei. Îşi dăduse imediat seama că sora lui Matt era una dintre acele femei care aveau exces de energie, care erau ocupate tot timpul şi niciodată nu se opreau să miroasă trandafirii. Nora nu era o persoană leneşă nici ea, dar oamenii ca Maggie o extenuau numai prin prezenţa lor.

Nora se mulţumi să îi facă un semn cu mâna, zâmbind timid, iar Maggie, al cărui păr întunecat sălta în bucle dese şi mătăsoase, îşi adună picioarele sub ea şi se aşeză turceşte pe podea, lângă fotoliul pe care Jay îl revendicase deja.

-Aceasta este Lily, îi prezentă Marjorie cealaltă tânără femeie din încăpere. Lily este nepoata mea şi verişoara lui Mat, explică ea.

Lily îi strânse mâna Norei cu căldură, dar ea nu avea entuziasmul lui Maggie. Ochii Norei văzură imediat totul – silueta înaltă şi subţire, părul roşu, scurt şi buclat, şi ochii de un albastru întunecat. Lily era exact ce nu era ea şi părea cam de aceeaşi vârstă ca şi ea, ori poate cu vreo doi ani mai tânără.

-Voi scoate prăjiturile şi gustările din pungi, spuse Lily, privind spre Marjorie, iar apoi atacă punga cea mai apropiată de ea.

Pungile, cu excepţia celor pe care Bryan şi Jonathan le duseseră în bucătărie, fuseseră lăsate lângă căsuţa de cafea. Nora îşi imaginase că fuseseră la cumpărături. Gândul că ei ar fi adus prăjituri şi gustări pentru vizită nu îi trecuse prin cap.

-Eu ar trebui să vă ofer nişte cafea sau prăjituri, îşi dădu ea seama brusc.

Ea încercă să se ridice şi să meargă să caute prin bucătăria lui Matt. Nu era casa ei, aceea era adevărat, dar locuia acolo pe moment şi trebuia să joace rolul de gazdă.

-Nu fii prostuță, o opri Marjorie. Poţi să ţii cont de etichetă când primeşti prieteni sau cunoştinţe în casă, dar noi sântem familie. Matt nu mi-ar mai vorbi în veci dacă te-aş lăsa să te oboseşti cu aşa ceva, îşi scutură ea capul în faţa Norei.

-Trebuie numai să te obişnuieşti să ai o familie mare, râse Becka.

-Nu este uşor, crede-mă, spuse soţul ei care tocmai venea din bucătărie cu două platouri cu hors-d'oeuvre. Apropo, le spuse el tuturor, Jonathan face cafea. Am pus la fiert nişte apă să fac ceai pentru tine, Becka, îi spuse el soţiei sale, care îi mulţumi cu o înclinare a capului.

-Dar sânteţi musafiri în casă... vreau să spun... eu..., începu Nora să se bâlbâie.

Tocmai realizase că probabil ei o considerau pe ea musafir în acea casă. Nu putea să-i contrazică – aveau dreptate.

-Da, sântem musafiri, e adevărat, spuse Maggie, dar tu eşti în convalescenţă şi acest lucru ne dă dreptul să schimbăm rolurile, îi îndepărtă ea grijile.

-Nu am vrut să spun..., încercă Nora să explice, dar Jonathan, care se întorcea dinspre bucătărie cu cafea şi ceşti, o întrerupse.

-Dar ar trebui, spuse el punând totul pe masă. Dacă îl cunosc pe Matt al meu, ai tot dreptul să crezi că te afli în propria ta casă, iar noi sântem numai simpli musafiri.

-Nu, nu, nu, nu am vrut să spun...

-Nu te îngrijora, îi luă Marjorie mâna. Matt va veni curând şi nu vreau să fiu nevoită să îi explic de ce eşti agitată şi cum de te-am supărat.

-Matt este destul de încăpăţânat să nu ne mai vorbească un an de zile, remarcă Jay, iar Nora se uită fix la el.

DILEMA LUI MATT

Toți puteau vedea că nedumerirea și șocul îi marcau chipul.
Matt și Nat aleseră exact moment să sosească.

CAPITOLUL 15

CÂND NAT AFLASE CĂ aveau musafiri, nu a mai vrut să piardă timpul prin magazinul cu înghețată. A insistat să se întoarcă acasă imediat.

Matt nici nu se gândi să discute problema pentru că dorea să fie și el acolo și să o protejeze pe Nora de orice atacuri posibile, așa că se grăbiseră spre casă.

Acum, Matt îi aruncă o privire Norei și îi văzu șocul de pe chip. Fusese deja îngrijorat, dar acum deveni livid, iar furia îi îngustă ochii și nările îi palpitară.

Întrebă imediat pe o voce severă:

-Acum, cine a supărat-o pe Nora și cum? Ce i-ați spus?

Spre supărarea lui, reacțiile lor la cuvintele lui nu au fost cele așteptate. El sperase să primească scuze și explicații, da nu primi nici una, nici alta.

Jay și Maggie izbucniră în râs și răgeau ca hienele. Nora încercă să spună ceva, deschise gura, dar nimic nu îi ieși din gură. Mama lui se uită la el urât și își scutură capul cu dezaprobare.

-Acum, Matt, așa se vorbește cu părinții tăi? îl mustră ea.

-Dacă ați necăjit-o... începu Matt să spună, dar tatăl lui veni și-l plesni peste umăr.

-Cheamă-ţi trupele înapoi acasă, fiule, spuse el râzând. Nimeni nu a declarat război pe aici. Pur şi simplu, Norei nu îi vine să creadă că noi avem grijă de ai noştri şi că o considerăm că face parte din familie acum. Nu este cazul să-ţi sară ţandăra numai pentru atâta lucru, îşi scutură el capul la primul lui născut.

Matt privi în jur şi se simţi ruşinat. Prinse un gând ici colea şi îşi dădu seama că tatăl său spunea adevărul.

Asumase o mulţime de lucruri eronate. Nici unul nu era vinovat de nimic şi se amuzau pe seama lui în mod deschis.

-Haide, frate, spuse Maggie de unde se afla lângă Jay, luminează-te la faţă. Nu am venit aici să o supărăm pe Nora, ci dimpotrivă. Şi am adus şi daruri, ca să ştii, menţionă ea şi arătă spre gustările pe care Lily încă le aşeza pe masă.

Lily îl ştia pe Matt şi nu se temuse defel de izbucnirea lui. Matt întotdeauna sărea să-i apere pe cei care credea el că nu se pot apăra singuri. Şi-a imaginat că se gândise la Nora ca la mielul de sacrificiu când a găsit-o în mijlocul familiei sale, care era atât de apropiată.

-Deci eşti bine, îi spuse el Norei, deşi vocea lui nu suna foarte convinsă.

Nora doar dădu din cap şi îşi întinse mâna spre Nat care veni la ea imediat.

-Ţi-am cumpărat şi ţie îngheţată, mami. Matt a întrebat ce îţi place cel mai mult şi ţi-am luat pistachio, spuse el, deşi limba i se cam împiedică în jurul cuvântului *'pistachio'*.

Toată lumea zâmbi şi Nora îi sărută vârful capului.

-Asta este grozav, puiule. Abia aştept să o gust.

-Nu înainte de a-mi gusta produsele de patiserie, sper, interveni Marjorie.

DILEMA LUI MATT

-O să ai parte de o adevărată tratație, spuse Lily, care în sfârșit terminase de aranjat mâncarea. Mătușa Marjorie este cea mai bună când vine vorba de copt ceva.

-Nu l-aș discreta pe Bryan în această privință, o contrazise Becka cu o încruntătură pe față. Produsele lui de patiserie sunt rupte din rai, asta ca să știi.

-Mulțumesc, iubito, spuse Bryan, râzând de sine însuși. Exact pentru așa ceva vrea un bărbat să fie lăudat – produsele lui de patiserie.

-Haide, Bryan, toată lumea știe cât de macho ești, îi îndepărtă ea îngrijorarea.

-Asta așa este, remarcă și Jay. Nu ai de ce să te temi. O privire aruncată spre tine și nimeni nu se mai gândește la pateurile tale, Bryan.

-Ce vrei să spui? îl întrebă Becka pe o voce înghețată, măsurându-l cu privirea.

-Becka, Becka, Becka, își scutură Jay capul. Bărbatul rivalizează cu un munte. O privire numai din ochii aceia de oțel ai lui, și nimeni nu mai îndrăznește să îi spună nimic.

-Cu excepția Rebeccăi, îl corectă Bryan, iar o altă rundă de râsete izbucni.

-Oh, omule, niciodată nu voi uita ce s-a întâmplat atunci când te-a văzut prima dată, își plesni Jonathan genunchiul. Matt, ai nevoie de mai multe locuri pe care să stea lumea pe aici. Cum de nu am remarcat aceasta mai înainte? se miră el.

-Pentru că niciodată nu ați venit în grupuri, observă Matt pe un ton sec. Mă voi asigura să adaug mai multă mobilă în viitorul apropiat. Pe moment, hai să împrumutăm scaunele de la masa pentru micul dejun și..., se încruntă el, gândindu-se ce altceva să mai aducă.

Se gândi la scaunele de bar din bucătărie, dar acelea nu erau prea comfortabile pentru o discuție în living. Mai avea un scaun în biroul său, dar nimic altceva.

-Eu stau bine, spuse Bryan.

Lăsă ceaiul pe care îl adusese pentru Becka pe masa de cafea, iar apoi o trase în sus pe Becka. După ce se așeză pe locul ei, o coborî în poala lui.

-Nat va sta la mine în poală, ceru Marjorie.

Îi făcu semn băiatului, chemându-l la ea, ceea ce el făcu imediat – o altă surpriză pentru Nora.

-Eu mă simt bine aici, îi spuse Maggie lui Matt de pe locul ei de pe covor.

El știa că ea într-adevăr se simțea bine. Maggie rar se așeza într-un fotoliu sau pe o sofa, dacă putea să stea turcește pe podea. Mulți se amuzau pe seama ei, numind-o țiganca familiei.

-Deci ai nevoie numai de două scaune, făcu Lily socoteala pentru el. Unul pentru mine și unul pentru tine, își flutură ea mâna către ceilalți, care deja erau așezați.

-Corect, două scaune vin imediat, încercă Matt să glumească.

Dorea să-și mai ridice starea de spirit pentru că se simțea ciudat după ce și-a acuzat familia de tentative abjecte. Apoi, aduse scaunele de la masa de micul dejun.

DILEMA LUI MATT

NORA ERA ÎNTINSĂ PE patul ei, saturată de mâncare și râs. Se simțise în afara propriului element la început, când familia lui Matt venise în vizită, dar aceea s-a schimbat pe măsură ce toată lumea o tot împingea să mănânce și povestea aventuri ale unui Matty mult mai tânăr.

Se simțise inclusă. Era centrul atenției, deși uneori, fie Matt, fie mama sa se agitau prea mult în ceea ce o privea.

De vreo câteva ori, chiar și-a dat ochii peste cap, ceea ce a uimit-o. Nu mai făcuse așa ceva din anii de liceu.

Unele din povestirile pe care le-au spus erau fie foarte emoționante, fie despre un Matt mai greu de controlat, dar ei îi plăcuseră toate. De asemenea, i-a plăcut să îl vadă pe Matt roșind de câteva ori.

Nu putea să o atingă pentru că era așezat vis a vis de ea, dar cu toate acestea, ea a fost foarte conștientă că privirea sa intensă era fixată pe ea tot timpul. Chiar simțise mângâierea acelor ochi de un albastru închis peste tot pe pielea ei, ori de câte ori privirea lui se plimba de sus în jos pe trupul ei.

Uneori inima îi galopa mai rapid, iar ea se întreba cum de nu o auzea Marjorie. În același timp, se înfierbânta din ce în ce mai mult sub acea intensitate a privirii lui și a valurilor de dorință care veneau dinspre el. Acele senzații brute, pe care ea nu le dorea și pe care nu-și putea permite să le simtă chiar atunci, o deranjau enorm.

În ciuda opoziției lui Matt, Marjorie și Jonathan au împărtășit amintiri despre Matt de când era mic. Uneori a râs când auzea despre năzbâtiile ce le putea face, dar, mai ales, sentimentele ei pentru Matt se mai dezvoltară puțin.

Fraţii şi verii lui au spus poveşti despre el ca adolescent. Erau foarte buni la a-şi aminti acele timpuri. Aproape că putea să-l vadă pe Matt, ca adolescent, mereu vânat de fete sau gata să planifice o festă inofensivă, care l-ar trimite în biroul directorului.

Povestirile lui Maggie erau cele mai scandaloase. Unele dintre lucrurile povestite de ea chiar i-au şocat şi pe părinţii ei. Aparent, nu erau deloc la curent că astfel de lucruri se întâmplaseră în viaţa copiilor lor în timpul adolescenţei. Jonathan râsese din toată inima, dar Marjorie a fost nevoită să se răcorească de câteva ori.

O dată, Matt chiar a mârâit şi şi-a ameninţat sora, promiţându-i să i-o plătească la modul serios dacă nu se oprea din relatare. Maggie doar râse de el şi îşi ridică braţul şi bătu palma cu Jay, care o susţinea şi contribuia la toate povestirile ei.

Pentru Nora, fusese o după-masă şi o seară magică. Nu avusese niciodată ocazia să vadă atâta camaraderie între membrii unei familii. Familia ei niciodată nu împărtăşise astfel de momente pline de bucurie şi emoţionante.

Şi cu toate acestea, ceva o necăjea. Uneori, cineva începea să spună o povestire şi brusc, toţi ochii se întorceau spre acea persoană ca şi cum o avertiza să nu mai continue. Imediat, povestirea se schimba la jumătatea propoziţiei. Chiar a surprins unele scuturări de cap aproape imperceptibile. De fiecare dată, Bryan mustăcea şi un surâs ironic îi apărea pe buze de parcă el le-ar fi ştiut secretul.

Era convinsă că ascundeau ceva de ea. Nu avea nici o idee despre ce era vorba, dar intenţiona să afle. Simţea că era ceva foarte important şi decisiv pentru evoluţia relaţiei ei cu Matt.

DILEMA LUI MATT

Ciocănituri uşoare la uşă o aduseră înapoi în prezent. Ea ezită o secundă, dar apoi spuse pe un ton uşor:

-Intră.

Matt deschise uşa şi se opri. Îşi ciufulise părul din nou, fără îndoială trecându-şi degetele prin el. Îi observase acel obicei de mai multe ori şi îl găsea fermecător.

Îmbrăcat numai în pantaloni negri şi o cămaşă albă, care îi definea umerii şi care era neîncheiată pe jumătate, arăta atât de bine că-i venea să-l ronţăie. Păcat că era la o dietă strictă pe moment.

El o privi de sus până jos, ochii săi albaştri întunecaţi devenind mai închişi la culoare pe măsură ce treceau peste cămaşa ei de noapte fără mâneci. Bumbacul îi îmbrăţişa curbele corpului în locurile corecte, iar el, fără să îşi dea seama, îşi linse buzele.

Se uită la ea pe îndelete iar apoi spuse:

-Am văzut că mai ai încă lumina aprinsă... M-am gândit că eşti încă trează aşa că... Am crezut că poate... putem vorbi. Nu prea am chef să merg la culcare, îi explică el cu dificultate.

Matt îşi masă şaua nasului. Nu era el omul care să nu-şi găsească cuvintele, dar lumea i se schimbase dramatic în ultima vreme, şi se simţea ca într-o ceaţă continuă.

-Da, desigur, spuse ea.

Se ridică în şezut cu grijă. Mişcările nu-i mai provocau atât de mare durere ca înainte. În mare parte, durerea dispăruse.

Se sprijini pe spate de căpătâiul patului. Ochii lui urmăriră căderea mesei bogate de păr roşu peste umerii ei.

Bătând cu palma pe pat, ea îl invită să ia loc. El se grăbi să-i urmeze invitația imediat, închizând ușa în urma lui. Era mai mult decât se așteptase atunci când se hotărâse să vină în camera ei.

-Aud dacă se scoală Nat, nu-ți fă griji, se gândi el să o asigure. Ești foarte obosită? o întrebă el, iar îngrijorarea i se citi în ochi. Știu că am fost vizitați de mulți oameni în seara aceasta și că tu ești încă în convalescență. Am văzut-o pe chipul tău, să știi. Extenuarea, vreau să spun. Era evident că ești obosită.

-Oh, de aceea i-ai grăbit pe toți să iasă pe ușă, presupuse ea, iar el dădu din cap.

-Nu ar fi trebuit, spuse ea, scuturându-și capul. Da, m-am simțit obosită din când în când, dar aceasta din cauză că nu sunt obișnuită cu astfel de adunări, Matt, îi mângâie ea brațul puternic cu o atingere ușoară ca pana, iar un fior trecu prin corpul lui. Ea crezu că și-a imaginat totul și continuă să vorbească. Dar toată lumea se simțea bine, inclusiv eu.

-Mă bucur că ți-a plăcut compania lor, Nora. Îi iubesc și pe ceilalți din familie, chiar și pe Rebecca uneori, dar oamenii care au fost în seara aceasta aici sunt cei pe care îi iubesc cel mai mult. Dacă te simți bine în compania lor, atunci este perfect, spuse el, întorcându-se spre ea pe jumătate, jucându-se cu degetele ei și privind intens în ochii ei.

Matt îi atinsese degetele de mai multe ori până atunci. Prima dată, atingerea lui a surprins-o. Ar fi crezut că pielea de pe degetele și palmele unui avocat era fină, dar cu toate acestea, a lui Matt nu era. Pielea lui era aspră și, de fiecare dată când își trecea degetele peste ale ei, îi simțea atingerea adânc în interiorul ființei ei.

DILEMA LUI MATT

-Faci ceva muncă fizică, nu-i așa? întrebă ea înainte să devină conștientă că și-a deschis gura.

Se crispă când își dădu seama de înțelesul propriilor ei cuvinte. El râse când ea închise ochii de necaz.

-Știi că poți să mă întrebi absolut orice, spuse el blând, degetele lui atingându-i încheietura mâinii și alunecând apoi în sus pe brațul ei.

Ea își scutură capul și își linse buza inferioară. Apoi, își deschise ochii și spuse:

-Îmi atingi mâinile și brațele tot timpul.

-Mi-ar place să-ți ating tot trupul tot timpul, admise el, iar ochii ei se rotunjiră. Nu te teme, Nora, știu că ai nevoie de timp și nu numai pentru ca să-ți revii fizic. Știu că nu ești gata să te deschizi emoțional spre mine acum, spuse Matt foarte pragmatic și îi atinse chipul. Dar un bărbat poate totuși spera, râse el de sine însuși.

-Și dacă nu voi fi niciodată gata? întrebă ea pe o voce șoptită.

El ridică din umeri și își aplecă capul, ochii lui urmărindu-și degetul ce aluneca în sus și în jos pe interiorul brațului ei. Apoi, își ridică privirea la ea, cu o lumină stranie în ochi.

-Sunt adult, voi supraviețui, ridică el din umeri din nou. Nu ar fi ca și cum te-aș putea condamnda sau forța să mă placi sau să mă iubești, sublinie el.

-Te plac destul de mult, nu e aceasta problema, Matt, spuse ea și îi dădu părul la o parte de pe frunte.

Matt, continuând să o privească atent, se aplecă peste ea și îi atinse gura cu a lui. Ea oftă și îi luă fața în căușul palmelor ei, deschizându-și buzele pentru el.

Matt se sprijini într-o mână pe pat și, apoi, o sărută blând, buzele lui învățându-le pe ale ei. Sărutul lui începuse ezitant, dar apoi deveni mai încrezător.

El nu se grăbi și o sărută cu blândețe, fără grabă, pentru a-i savura gustul. Nu dorea să o incite, ci doar să o convingă să-i recunoască trupul ca fiind perechea ei. Cu toate acestea, o simți tremurând lângă el, iar egoul său masculin se simți satisfăcut.

Degetele lui alunecară pe brațul ei drept într-un ritm hipnotic, lăsându-i pielea ca de găină în urma lor. După câteva clipe, schimbă unghiul sărutului lui, iar degetele lui ajunseră la talia ei, odihnindu-se pe șoldul ei câteva secunde.

-Nu vrei să te întinzi să te simți mai comfortabil? o întrebă el, buzele lui aproapte atingându-i-le pe ale ei.

Fierbințeala din ea crescu când ea îi simți cuvintele formându-se pe buzele ei. Se lăsă să alunece în jos pe pat fără efort, aproape fără să se gândească la ce făcea.

Degetele i se cufundară în brațele lui pentru ca să se susțină. Cămașa ei de noapte i se ridică pe coapse, iar Matt respiră profund când ochii lui îi trecură peste picioarele ei.

Sprijinit pe un cot, se întinse lângă ea, ținându-și capul în palmă. Cealaltă mână a lui îi mângâie leneș fața, iar apoi îi cuibări bărbia în căușul ei.

Se aplecă peste ea, iar când gura îi era aproape lipită de a ei, el șopti:

-Mi-ar place la nebunie să te mai sărut, Nora. Dar numai dacă vrei și tu.

El îi cercetă ochii strălucitori, dar ei nu trădară nimic din ce simțea ea. Apoi încercă să-i citească mintea, să vadă el însuși ce gândea ea, dar, ca și mai înainte, nu reuși să citească nimic.

-Da, te rog, replică ea ușor, iar el îi simți respirația pe buze.

DILEMA LUI MATT

Acum simțea și mai acut nevoia să o sărute. Mâna îi alunecă de pe bărbia ei și îi alintă gâtul.

Buzele lui se așezară pe ale ei, iar el oftă. Ea înghiți sunetul și îi răspunse și ea cu un oftat, iar el simți cum trupul i se trezea la viață.

În timp ce buzele lui le modelau pe ale ei, degetele lui îi mângâiau umărul și brațul, până jos la încheietura mâinii. Degetele i se înlănțuiră cu ale ei, în timp ce sărutul îi deveni mai îndrăzneț și mai profund.

Se opri numai când amândoi aveau nevoie de aer. Respirau cu greutate, iar buzele Norei erau rozalii și ușor umflate. Degetele lui îi țineau degetele ei captive, iar cu degetul mare îi mângâia interiorul încheieturii mâinii.

Ochii lui Matt erau fixați pe chipul Norei. Ochii ei erau tot închiși, dar când respirația i s-a liniștit, i-a deschis încet. Fierbințeala din pupilele ei îl lovi pe Matt drept în piept.

-Mi-ar place să te ating peste tot, Nora, dar nu îndrăznesc. Cred că voi încerca să nu mă gândesc la așa ceva pentru cel puțin încă o săptămână, puiule, mărturisi el.

Nora nu făcu nimic altceva decât să-l privească. După câteva secunde, clipi și își linse buzele.

-Știi că mă ucizi aici, iubito, spuse Matt râzând, dar vocea nu îi suna la fel de sigură pe ea ca de obicei. Niciodată nu spui nimic și eu nu știu ce gândești.

-Oh, mă gândesc la multe, Matt, îi replică ea pe un ton sec. Problema este că totul este confuz. Știu că te vreau și văd că mă vrei și tu pe mine, dar nu știu dacă este o idee bună sau dacă este prea curând sau dacă tu vrei numai atât de la mine, ridică ea din umeri.

-Uau, atât de multe, râse Matt. Ştii că nu trebuie să te hotărăşti chiar în acest moment, în legătură cu nimic, o asigură el, netezindu-i părul.

Apoi luă o şuviţă groasă între degete. Şi-o ridică la faţă şi şi-o frecă de obraz.

-Nu, nu mă pot decide acum, replică ea cu tristeţe. Am nevoie de timp, probabil mai mult decât o săptămână, îl avertiză ea.

-Scumpa mea, poţi să te gândeşti şi o lună sau două sau oricât ai nevoie, spuse el şi îi sărută fruntea.

Au stat întinşi în tăcere câteva minute, Matt continuând să se sprijine pe un cot, iar cealaltă mână a lui tot îi mângâia braţul, şoldul şi, într-un moment de îndrăzneală, coapsa. Nora continua să-i privească chipul. Emoţiile care se perindau pe faţa lui şi în ochii lui o captivau.

-Tu vrei ceva de la mine, spuse ea brusc, iar ochii lui se întoarseră imediat la ai ei.

-Cum de ştii? se încruntă el.

-Se vede pe faţa ta, replică ea. Ar fi greu să nu îmi dau seama.

-Înţeleg, spuse el. Am crezut că mi-ai citit mintea, replică el pe un ton uşor.

Ea chicoti la cuvintele lui, iar acel lucru îl surprinse. Nu o auzise niciodată chicotind şi nu ar fi crezut că ar fi fost genul de femeie care să facă aşa ceva.

-Haide, Matt, sunt o femeie adultă. Nu cred în basme şi lucruri paranormale. Cred că există o explicaţie pentru absolut tot, sublinie ea. Ca acum, zise ea. Am ştiut că vrei ceva pentru că am văzut aceasta în ochii tăi. Nimeni nu este capabil să citească mintea altcuiva, îşi scutură ea capul cu hotărâre.

-Dacă spui tu, acceptă Matt explicația ei, deși, într-un fel, se simțea rănit.

Cu toate acestea nu putea să-i spună *Hei, eu pot să-ți citesc mintea.* Ar fi fost destul de incorect. El nu putea să-i citească mintea.

-Deci ce vrei? întrebă ea din nou.

-Nu știu ce vei crede, începu el ezitant, dar mă gândeam..., spuse el, iar apoi se opri.

-Haide, Matt, nu fi timid. Ai fost orice, dar nu timid până acum, râse ea.

-Mă întrebam dacă te-ai culca cu mine, se răsti el, nefiind în largul său cu ceea ce avea de spus și necăjit de amuzamentul ei.

-Frumos, spuse ea cu mare grijă, iar apoi își atinse buza superioară cu limba.

-Nu mă refer la... Mă refer la dormit, știi tu, acea activitate pe care oamenii o fac noaptea, să se regenereze sau indiferent de ce, își clarifică el spusele, bosumflat din cauza comentariului ei.

-Oh, înțeleg, zâmbi ea. Pe bune? Doar dormit? De ce ai vrea așa ceva? se încruntă ea brusc.

-Pentru că vreau să te simt lângă mine, admise el. Și pentru că s-ar putea să ne simțim mai în largul nostru emoțional după aceea sau.... nu știu de ce, admise el. Dar știu că vreau.

-Deci ca să fim clari, spuse ea, întorcându-se pe o parte ca să fie față în față cu Matt, și ținându-și capul cu mâna, copiindu-i poziția. Vrei să dormi lângă mine, să mă ții în brațele tale, și nimic mai mult, spuse ea, vocea ei trădându-i deruta.

-Da, asta este ce vreau. Ți-am spus că nu te voi atinge altfel, chiar dacă ai vrea tu. Oricum, nu te-ai putea bucura de nimic acum, considerând cât de rănită ești.

-Probabil că nu, concedă Nora. Am la dispoziție un minut sau două să mă gândesc? îl întrebă ea pe un ton jucăuș.

-Gândește-te oricât de mult ai nevoie, murmură el, iar mâna lui se odihni pe șoldul ei.

Nora își închise ochii și îi atinse pieptul cu palma. El își dădu seama că ea reflecta asupra argumentelor pro și contra pentru că o încruntare serioasă îi apăru între sprâncene.

Simțea nevoia să întindă mâna și să-i alunge încruntarea, dar rezistă impulsului. Știa că nu ar fi fost corect să o atingă și să-i deruteze gândurile, dar, pentru o clipă numai, nu-i păsă de ce ar fi fost corect.

Degetele ei băteau darabana pe pieptul lui și-l înnebuneau. Sângele îi pulsa în tâmple, iar starea lui de excitare se înzeci. El strânse din dinți și îi mulțumi lui Dumnezeu că ochii ei erau închiși.

După un timp pe care el simți trecând la fel de greu ca orele, ea îi zâmbi și spuse:

-Bine. Nu văd nimic rău în a împărți un pat și căldură reciprocă, își explică ea decizia.

-Romantic, remarcă el sec. Nu știu despre împărtășirea căldurii trupurilor, continuă el. Este vară deja, dacă nu ai remarcat.

-Da, am remarcat, Matt, îi spuse ea cu un surâs îngâmfat și îl bătu pe piept. Doar glumeam. Sper că știi asta, își ridică ea brusc privirea la el și se uită direct în ochii lui, iar el observă că într-adevăr era îngrijorată.

-Da, știu, îi surâse el.

-Și cum facem asta? întrebă ea.

DILEMA LUI MATT

-Credeam că nu o să mă mai întrebi, glumi el. Hai să mergem în patul meu, propuse el. L-am avut făcut la comandă și mă simt comfortabil în el. Acesta este doar un King obișnuit.

-Vrei să spui că mi-ai oferit patul de calitate inferioară? pretinse ea că este ofensată.

Matt râse și îi lovi nasul cu degetul.

-Ești foarte amuzantă, știi asta, nu? replică el. Nu, deșteapto, patul tău nu este de calitate inferioară, Dar tu ești mititică și este destul de mare pentru tine. Oricum, acum vei împărți patul meu cu mine și nu te mai poți plânge, spuse el și se ridică cu o mișcare fluidă și o prinse de mână. Hai să vedem cât de mult îți va place în patul meu gigantic, îi surâse el și o ajută să se ridice.

Apoi Matt îngenunche și îi căută papucii de casă, pe care i-i puse în picioare după aceea. Ea chicoti din nou. Dești Matt nu suportase chicotelile înainte, îi plăceau cum sunau în gura ei. Acum încă, îi puse un deget pe buze:

-Șșt, îl vei trezi pe Nathan.

Nora pretinse că și-a zăvorât buzele, iar el râse. Cu degetele înlănțuite, o trase după el. Se îndreptară încet spre dormitorul lui, Matt fiind mereu atent să își potrivească pasul la mersul ei încet.

Când el deschise ușa la dormitorul lui, ea se opri și privi în jur cu uimire.

-Oh, Dumnezeule, acesta este mult mai mult decât un dormitor, șopti ea.

Patul lui era destul de lat ca patru oameni să poată dormi în el fără să se atingă unul pe altul. Covorul gros, în culori calde de toamnă, se întindea de la perete la perete, iar două fotolii şi o masă mică erau cuibărite într-un alcov într-unul din colţurile camerei.

-Înţeleg că-ţi place, spuse el pe un ton sec.

-Ai putea spune asta, dădu ea din cap cu entuziasm. Arată mult mai bine decât al meu. Este mai plin de culoare şi de personalitate decât celalaltă încăpere, adăugă ea şi îi surâse.

-Ei bine, acum şi tu stai aici, ridică el din umeri. Baia inclusă este pe acolo, îi arătă el o uşă la dreapta. Mâine dimineaţă, îţi voi aduce lucrurile din cealaltă baie ca să o poţi folosi pe aceasta. După Nat, desigur, rânji el. Îmi pare rău, dar el întotdeauna foloseşte baia mea dimineaţa.

-Mda, am remarcat. Mă aşteptam să vină la mine dimineaţa şi, să fiu cinstită, m-am simţit cumva trădată când mi-am dat seama că vine la tine în schimb, replică ea.

-Mai bine eu decât tine, afirmă el, iar ochii ei se lărgiră.

-Ce vrei să spui? se uită ea urât la el.

-Îmi imaginez că îi place să sară pe tine dimineaţa. Nu am avut o dimineaţă în care el să nu vină şi să ţopăie pe mine în sus şi în jos. Cu rănile tale, aşa ceva nu ar fi ceea ce ţi-a recomandat doctorul, sublinie el, iar o sprânceană i se urcă sus pe frunte.

-Oh, am uitat de acel obicei al lui, râse ea scurt, iar apoi se strâmbă. Cum de am putut uita?

-Ai avut destule lucruri la care să te gândeşti. Să sperăm că el va continua să-mi aleagă corpul pentru distracţia lui de dimineaţă, spuse Matt şi îi mângâie faţa cu dosul palmei. Acum, eşti pregătită să mergi la culcare? o întrebă el.

Nora dădu din cap ezitând, iar apoi, se îndreptă spre pat cu timiditate.

-Ce parte preferi? îl întrebă ea fără să se întoarcă spre el.

-Oricare este bună pentru mine, replică el.

Matt o ajută să se urce în pat, iar apoi, după ce ea se întinse, o acoperi cu cearceaful.

Matt stinse lumina și se strecură în pat lângă ea. Își petrecu bațul în jurul ei și, cu blândețe, o trase spre el. După ce își găsi fiecare locul, el își desfăcu degetele peste abdomenul ei și un oftat satisfăcut ajunse la urechile Norei.

Nora își simțea pielea arzând sub degetele lui și senzații de mult uitate îi fulgerară prin trup.

Se simțea bine să fie în brațele lui Matt. Trupul lui aproape o înconjura complet și, spre surpriza ei, descoperi în brațele lui un simțământ de siguranță și protecție pe care nu îl mai avusese niciodată înainte.

-Poți să dormi mai mult mâine dacă vrei, îi șopti el, buzele aproape atingându-i urechea, iar ea se înfioră.

Matt o trase mai aproape de el, gândindu-se că îi era frig.

-Becka a spus că ai promis că mergem să navigăm pe lac mâine, șopti și ea, odihnindu-și mâna peste a lui care se găsea tot pe burta ei.

-Știu, puiule, dar asta va fi la unsprezece. Nu vom sta mult pe lac mâine. Doar câteva ore, îi promise el. Vom petrece mai mult timp când ne ducem la acea întrunire la casa lui Bryan de pe insulă, da? Nu vreau să te obosești prea tare chiar acum, îi explică Matt, iar grija lui o emoțănă.

-Este perfect pentru mine, replică ea și îi mângâie degetele.

-Bun, spuse Matt. Acum dormi, puiule, îi ceru el, iar buzele lui îi atinseră fața.

CAPITOLUL 16

ACEEA ERA DEJA A PATRA oară când Nora naviga pe iahtul lui Matt şi începuse să aştepte acele ieşiri cu nerăbdare. Norei îi plăcea felul în care se simţea vântul în părul ei şi mirosul apei. Totul era diferit acolo – lumina şi sunetele, aerul şi liniştea.

Abia aştepta să vadă casa lui Bryan de la lac, pe care Becka o lăudase atât de mult. Ori de câte ori se gândise la acea sâmbătă, aproape că ameţea de bucurie, la fel de mult ca şi Nat.

Maggie şi Lily îl luaseră cu ele la provă pe Nat, care era extrem de exuberant. Vorbeau şi râdeau împreună. Băiatul tot punea întrebări, abia dându-le timpul să îi mai şi răspundă, iar aceasta le distra pe cele două femei enorm.

Nora surâse. În perioada aceea, Nat avea tendinţa de a pune întrebări mai repede decât i-ar fi putut răspunde oricine. Mai mult decât atât, lacul îl fascina, iar el era curios despre tot. Deja îşi exprimase dorinţa de a deveni marinar într-o bună zi. Ea era doar mulţumită că acea zi era încă foarte departe.

Înainte de a fi fost împuşcată, Nora îl dusese la plimbare pe ţărmul lacului când şi când, dar nu avusese niciodată prea mult timp la dispoziţie să petreacă cu el acolo. Avea mereu prea multe lucruri de făcut şi nu îşi permitea luxul unor plimbări mai lungi sau ieşiri. Mereu se simţise vinovată pentru că nu-i putea oferi lui Nat astfel de lucruri, dar îşi promisese ei însăşi că o va face într-o bună zi.

Acum că putea privi lacul mereu de la ferestrele lui Matt, fiul ei îl iubea la nebunie. Ea nu putea să nege că şi ea se îndrăgostise de lac.

Marjorie şi Jonathan stăteau lângă ea pe băncile care erau umbrite de o umbrelă uriaşă şi plină de culoare. După ce au vorbit cu ea mai mult de un sfert de oră, acum şopteau între ei şi o lăsaseră să stea în linişte.

Nora se mulţumea să-i privească pe bărbaţi mânuind iahtul. Îi ploua efectiv în gură la etalarea muşchilor lor de pe spate şi braţe.

Jay şi Josh arătau destul de bine, dar nu puteau să se compare cu Matt. El era mai înalt şi mai bine făcut decât ceilalţi doi bărbaţi. Fiind mai brunet, arăta mult mai bine, iar ea nu îşi putea lua ochii de la el.

Un pescăruş săgetă pe cer şi strigă, trezind-o din visare. Îşi umbri ochii şi privi în direcţia iahtului lui Bryan, care de asemenea era plin de oameni.

Socrii lui li se alăturaseră pentru acea întrunire şi se găseau pe puntea iahtului lui Bryan, admirând bebeluşii, iar colţurile gurii Norei se ridicară într-un surâs. Numai un bebeluş putea să îi facă pe adulţi să fie atât de emoţionali.

Nora îi întâlnise pe Emilie şi Gabriel cu câteva zile în urmă când trecuseră pe la apartamentul lui Matt pentru o scurtă vizită. Era evident că veniseră să o evalueze, iar acel lucru a făcut-o să fie foarte timidă.

DILEMA LUI MATT

Ar fi trebuit să se obişnuiască până atunci, pentru că fusese o paradă constantă prin casa lui Matt în ultima vreme. Într-o seară, Matt chiar a observat pe un ton sec că apartamentul lui nu a văzut atâta trafic în ani de zile.

Dincolo de iahtul lui Bryan se vedea pânza de la iahtul prietenului său. Bryan îl invitase pe Max să petreacă ziua cu ei şi nu numai pentru avea nevoie de un alt vas pentru a transporta toţi oamenii care veneau la casa lui de la lac. Max era partenerul său la dojo şi cel mai bun prieten al lui, iar ei se înţelegeau foarte bine împreună.

Nora îi zări părul drept şi blond al lui Ariel, care zbura în vânt. Stătea în picioare, singură la prova, privind în depărtare.

Nora observase că Ariel nu se prea simţea în largul ei cu Max, iar ea suspecta că Max o făcea pe Ariel să fie nervoasă şi mult prea conştientă de faptul că era femeie.

Alex şi Max lucrau împreună şi mânuiau iahtul, în timp ce Michael şi Amelie se adunaseră pe o bancă pe punte.

Nora îi plăcea pe toţi, deşi Ariel şi Alex se dovediseră cam reci şi rezervaţi faţă de ea. Nu ştia dacă nu o plăceau sau aşa erau ei, pur şi simplu mai rezervaţi decât ceilalţi. Ridică din umeri – chiar nu-i păsa, indiferent de situaţie.

Ajunsese să-i cunoască pe Maggie şi Jay mai bine, iar Becka şi Bryan îi deveniseră foarte buni prieteni. Ei erau calzi şi prietenoşi, aşa că nu era prea dificil să creeze o relaţie cu ei.

Deja petrecuse două săptămâni în apartamentul lui Matt. Deşi se simţea mai bine acum şi chiar îşi începuse fizioterapia, găsea că era destul de dificil să deschidă subiectul privind plecarea ei din casa lui. Se obişnuise să fie cu el şi gândul de a nu-l mai vedea îi făcea rău.

Nu că Matt părea dornic să-i dea posibilitatea de a discuta plecarea ei iminentă. Ori de câte ori o întreba despre sănătatea ei, întotdeauna schimba subiectul înainte ca ea să poată pretinde că va fi capabilă să se descurce singură și că era timpul să se întoarcă înapoi la ea acasă. Nu știa cum, pentru că banii care îi lua pentru perioada de invaliditate nu îi acopereau decât chiria, dar trebuia să găsească o cale.

Nora își petrecuse toate nopțile în patul lui. Matt o ținea în brațe, mereu atent să nu îi dea nici un motiv să nu se simtă în largul ei. Cu toate acestea, părea să o înconjoare aproape complet.

Nu-și mai amintea să fi dormit atât de bine de-a lungul întregii sale vieți. Matt o făcea să se creadă protejată și prețuită.

Nu cerea nimic de la ea și niciodată nu mergea mai departe de câteva săruturi – chiar dacă erau înfierbântate, trebuia să recunoască. Se părea că într-adevăr nu dorea să grăbească nimic și nu cerea nimic de la ea, iar această considerație din partea lui o deruta. Era evident că ar fi vrut mai mult, dar niciodată nu o presa pentru a obține mai mult.

Nora se întoarse și își dădu părul de pe față. Oftă adânc. Știa că totul se va schimba în momentul în care se va muta din casa lui. Acel sentiment de bine și securitate va dispare. Se întreba, de asemenea, dacă el se va mai deranja să vină să o vadă, o dată ce nu se mai găsea în picioarele lui.

-Este vreo problemă, Nora? o întrebă Matt, petrecându-și brațele în jurul ei din spate și trecându-și buzele pe partea laterală a feței ei.

-Nu, nu este, îi zâmbi ea, privind în sus spre el și acoperindu-i mâinile cu ale ei. Doar mă bucuram de împrejurimi.

-Da, sigur, replică el pe aceeaşi voce seacă pe care ea o iubea atât de mult. De aceea oftai, cu siguranţă.

-Nu, chiar îmi place. Îmi place să fiu pe lac, spuse ea, lăsându-se în spate şi sprijinindu-se de pieptul lui, ochii ei rămânând mereu fixaţi pe ai lui.

-Asta ştiu, spuse el.

El privi intens în ochii ei mai întâi. Întotdeauna, ochii lui păreau să adăpostească mistere şi secrete pe care ea nu şi le putea imagina. Apoi, el îi privi buzele, iar degetele i se scufundară, fără ca să-şi dea seama, în talia ei.

-Cum de ştii? întrebă ea pe un ton uşor.

-Este pe chipul tău, puiule, răspunse el împingându-şi bărbia în faţă. Nu e ca şi cum aş putea să-ţi citesc mintea, mormăi el, iar ea râse.

-Asta este bine de ştiut, spuse ea. Probabil că ai fugi să-ţi cauţi un adăpost dacă mi-ai citi mintea, glumi ea.

-Mă îndoiesc de asta foarte mult, spuse el şi se aplecă peste ea pentru a fura un sărut.

Sărutul s-a încheiat aproape înainte să înceapă, dar buzele ei tot fremătară, iar degetele ei tremurară peste mâinile lui.

-Mai târziu, iubito, şopti el. Sântem aproape acolo, îi explică el şi o sărută din nou, iar apoi plecă.

Nora se întoarse să vadă dacă au ajuns la destinaţie şi dădu cu ochii de Marjorie şi Jonathan, care îi zâmbeau cu o satisfacţie profundă. Uitase de ei complet, iar acum o roşeaţă i se întinse pe chip.

Jonathan râse din toată inima, iar Marjorie, plesnindu-l pentru lipsa lui de subtilitate, îi spuse Norei:

-Nu te preocupa de noi, Nora, draga mea. Nouă doar ne place să vă vedem pe tine şi Matt împreună.

O bătu pe Nora pe picior şi nu mai spuse nimic altceva. Se întoarse spre soţul ei să-i ţină o predică pe un ton scăzut.

Nora nu-i putea înţelege pe părinţii lui Matt. Ar fi trebuit să fie furioşi că ea s-a insinuat în viaţa fiului lor.

Matt era un avocat renumit şi adunase o avere. Ea era doar un paramedic şi, pe moment, era plătită numai cu puţin peste jumătate din salariul ei din cauza problemelor ei de sănătate, iar acea situaţie va continua pentru încă cel puţin jumătate de an, după cum a avertizat-o doctorul.

Nora îşi scutură capul şi renunţă să le mai înţeleagă motivele. Se întoarse să-i privească pe bărbaţii care erau ocupaţi cu manevrele de abordare.

CAPITOLUL 17

PETRECEREA TOT CONTINUA şi încă puternic de mai multe ore deja. Nora se întrebă cum de nu erau încă extenuaţi. Ea stătuse pe o pătură mai tot timpul şi tot se simţea puţin cam obosită.

Sosiseră la casa lui Bryan puţin după ora zece, iar mâncarea a fost aranjată pe câteva mese pliante. Au împrăştiat pături pe sub copaci, la umbră, iar apoi au mâncat sănătos, râzând, vorbind şi tachinându-se unul pe celălalt.

Nat se culcase la prânz în casa lui Bryan. Marjorie şi Jonathan, dar şi Michael şi Amelie, şi Gabriel şi Emilie, merseseră să se odihniseră în casă cu copiii, de asemenea, în timp ce mai tânăra generaţie a jucat volei.

Jay îi invitase pe toţi la un joc de cărţi, iar invitaţia lui i-a determinat pe toţi să arunce cu ceva în el. Au râs în timp ce l-au luat peste picior, dar Jay tot a părut puţin rănit.

Nora nu a înţeles de ce nimeni nu voia să joace cu el şi nimeni nu s-a oferit să-i explice. Simţindu-se prost pentru Jay, i-a spus că o să joace ea cu el, dar Matt a oprit-o.

-Ştii că nu îmi place să-ţi spun că nu poţi face ceva, iubito, dar în legătură cu aceasta, va trebui. Nu vei juca cărţi cu Jay, spuse el pe un ton sever. Niciodată.

-Dar de ce? întrebă ea cu exasperare, de asemenea, fiind şi necăjită din cauza manierei sale arogante. De ce toată lumea reacţionează astfel? Trişează cumva? întrebă ea.

Jay gemu tare, ca şi cum tocmai l-ar fi înjunghiat în spate, şi îşi acoperi apoi faţa cu mâinile, izbucnind în râs.

Matt zâmbi capricios şi îşi scutură capul.

-Nu, nu trişează, dar tot nu vei juca cu el. Ştiu că probabil eşti înfiorător de plictisită, dar dacă vrei să joci, poţi juca cu mine, se oferi el, iar un zâmbet strâmb i se cocoţă la colţul buzelor.

-Nu sunt plictisită, replică ea printre dinţii strânşi. Poţi să te duci să te joci, îl alungă ea.

-Nu vei scăpa aşa uşor de mine, iubito, pară el şi apoi se întinse pe pătură lângă ea.

Observase că era scoasă din sărite, iar el deja petrecuse prea mult timp departe de ea. Fusese dureros de conştient de prezenţa ei şi o privise tot timpul, dar a trebuit să joace volei cu fraţii şi verii săi pentru o vreme. Altfel ar fi fost calul lor de bătaie pentru foarte mult timp. L-ar fi tachinat şi ar fi spus că era îndrăgostit fără speranţă de salvare, ceea ce ar fi fost doar purul adevăr, desigur, dar nu se simţea capabil să le suporte tachinările.

Nora ridică din umeri şi îşi întoarse capul spre tinerii care se întorseseră la distracţia lor. Ariel îşi scoase tricoul şi pantalonii scurţi. Pe dedesubt purta un costum de baie dintr-o bucată, care îi îmbrăca corpul ca o mânuşă. Nora rânji când văzu cum ochii lui Max mai că ieşiră din orbite.

-Ce e atât de amuzant? o întrebă Matt şi privi în aceeaşi direcţie.

Imediat văzu reacţia lui Max şi se posomorî.

-Ariel îl va face bucăţele, mormăi el, nesigur dacă îi plăcea sau nu atenţia pe care i-o dădea Max verişoarei lui.

-De ce? se întoarse Nora curioasă spre el.

-Ariel este extrem de cusurgie. Nici de Bryan nu îi place, numai îl tolerează, spuse Matt ridicând din umeri. Imaginează-ţi ce simte pentru tipul ăsta.

Când observă că ei nu-i plăcea cum sunau cvintele lui, se grăbi să se explice.

-Nu mă înţelege greşit, iubito. Doar eu îl iubesc pe Bryan. Este ca un frate pentru mine, doar ai văzut. Şi chiar nu am nimic împotriva lui Max. Îl cunosc bine. Ce naiba, doar m-am antrenat cu omul ăsta şi am şi ieşit în grup împreună de câteva ori. Îmi place chiar destul de mult. Este un om corect şi responsabil. Dar Ariel... Nu o văd să-i accepte coada sau ciocul, îşi scutură el capul. Şi s-ar putea ca asta să fie pierderea ei, remarcă Matt. Max ar putea fi bărbatul perfect să o mai înmoaie puţin. Este mult prea înţepată.

Nora se sprijini de el, iar el o cuprinse în braţele lui.

-Poate va încerca să îl cunoască mai bine, spuse ea pe un ton liniştit, privind-o pe Ariel care se îndrepta spre ţărm cu gândul să înnoate.

Matt îl observă pe Max scoţându-şi şi el pantalonii scurţi şi urmând-o. Gândurile lui Max erau destul de zgomotoase, iar Matt rânji.

-Cred că-mi pun banii pe el, spuse el, iar degetele i se strecurară sub cămaşa Norei.

Toată lumea o bătuse la cap să o scoată. Era o zi călduroasă și însorită și ei știau că nu era posibil să se simtă prea comfortabil cu cămașa pe ea. Cu toate acestea, fiind conștientă de urmele lăsate de gloanțe, dar și temându-se că acestea vor atrage privirile, a refuzat.

Abdomenul îi tremură sub palma lui, iar un zâmbet îi ridică colțul gurii lui Matt. Gura lui îi găsi adâncitura dintre gât și umăr și o sărută.

-Matt, trase ea aer în piept cu greutate, încercând să-i oprească mâinile rătăcitoare. Suntem afară. Toată lumea ne poate vedea.

-Și ce dacă? mormăi el.

Buzele lui îi trasară coloana gâtului în sus, până ce ajunseră la locul sensibil pe care el deja îl descoperise în spatele urechii ei.

-Nu-mi pasă. Au ghicit deja că sântem împreună, iar dacă nu au ghicit, atunci înseamnă că, în tot acest timp, m-am înșelat eu în legătură cu intelectele lor, șopti el.

Limba lui îi atinse lobul urechii și ea se cutremură. Un geamăt slab ajunse la urechile lui, iar el, satisfăcut, începu să o ronțăie.

Degetele lui i-au atins și masat pielea de pe abdomen cu blândețe, iar apoi au început să alunece mai sus, până ce au ajuns sub curbura moale a sânilor ei.

Nu îndrăznea să-și continue călătoria mai departe de acolo. Fusese excitat continuu de-a lungul ultimelor două săptămâni și nu credea că s-ar fi putut comporta civilizat dacă ar fi pătruns în acel teritoriu interzis.

Matt respiră profund și își lăsă bărbia pe vârful capului ei. Îi ajungea numai să o țină în brațe pe moment.

Nici cinci minute mai târziu, Nat ieşi în fugă din casă precum o tornadă şi veni la ei.

-M-am trezit, mami. Bună, Matt. Ai spus că înnotăm când mă trezesc, se grăbi el să spună.

Matt râse, îi sărută Norei vârful capului, iar apoi îi spuse:

-Scuză-mă, iubita mea, dar datoria mă cheamă.

-Vei avea grijă de el, Matt, spuse ea, dar vocea îi sună mai mult interogativ.

-Poţi să ai încredere în mine. Nu voi lăsa să i se întâmple nimic, îi replică el pe un ton serios şi îi sărută gura scurt. Mai mult decât atât, va purta şi vesta de siguranţă, aşa că nu ai de ce să te îngrijorezi.

-Ar trebui să vin şi eu, spuse ea, muşcându-şi buza de jos.

-Şi să faci ce? o întrebă Matt iritat.

Nu era ca şi cum ar fi putut sări în lac şi să-l salveze pe Nat dacă s-ar fi întâmplat ceva. Cu toate acestea, văzând cât de supărată arăta, el se răzgândi.

-Bine atunci, voi întinde pătura chiar acolo pe mal ca să poţi să stai cu ochii pe noi, se oferi el.

-Pot să întind pătura şi eu, i-o întoarse ea, dar el nu vru să audă nimic.

O trase în picioare, adună pătura şi se îndreptă cu ea spre ţărm. Nat ţopăia, fericit că ajungea în sfârşit să intre în apă.

Stând pe pătură cu picioarele adunate sub ea, Nora îi privea. Matt îl învăţa pe Nat să înnoate, iar ea se minună de răbdarea lui.

Nu îl auzise să îşi ridice vocea nici măcar o dată. Sunetele de pe lac erau purtate departe, iar ea îi auzea instrucţiunile răbdătoare, repetând aceleaşi lucruri de mai multe ori, fără a obosi defel.

De mai departe, replicile dure ale lui Ariel la cuvintele lui Max erau în opoziție cu liniștea lacului. Se părea că absolut tot ce spunea Max o călca pe Ariel pe nervi.

După aproape o oră, Matt îl luă pe Nat înapoi pe țărm. Băiatul încă mai avea energie, dar Matt știa că acesta trebuia să își ia gustarea de după masă.

Se întoarseră la ceilalți, iar Nora observă că mâncarea de pe mese fusese reîmprospătată. Noi lucruri apăruseră, iar ei îi plouă în gură când ochii îi căzură pe faimoasele pateuri și foitaje pe care le copseseră atât Marjorie cât și Bryan. Aparent, exista o competiție tăcută între cei doi.

Lily deja își umpluse farfuria cu absolut tot ce se vedea pe masă. Nora bănuia că metabolismul lui Lily era foarte rapid. O văzuse mâncând și nu ar fi putut fi atât de subțire altfel.

Nora zâmbi până ce îi căzură ochii pe ceașca cu ciocolată fierbinte, pe care Lily o lăsase pe masă. Ochii ei se lărgiră, șocați, observând că lingurița se învârtea în lichid, iar Lily nici măcar nu o atingea.

Nora icni și clipi rapid. Matt își dădu imediat seama ce văzuse și mormăi:

-Lily.

Lily privi spre ei, iar brusc, lingurița se opri. Nora privi dinspre linguriță spre Lily, iar apoi spre Matt care pretinse că-l privea pe fratele lui care îl lua peste picior pe Alex. Nora consideră că doar și-a imaginat episodul și a decis să lase subiectul deoparte.

-S-ar putea să am insolație, spuse ea pe un ton șovăitor.

Nu putea găsi o altă explicație pentru ceea ce văzuse. Își frecă ochii cu degetele tremurânde.

Matt îi luă mâna, i-o sărută, iar apoi spuse:

-Hai să te ducem la umbră mai bine. Îți voi umple eu o farfurie cu de toate, o asigură el, iar apoi întinse pătura sub un copac.

O ajută să se așeze, iar spre uimirea lui, descoperi că acum îi putea citi gândurile și îi simțea avalanșa de trăiri. Încercase să-i citească gândurile de mai multe ori în ultimele câteva săptămâni și nu reușise.

Matt îi probă mintea câteva clipe, fericit că avea abilitatea de a o face. Apoi îi blocă gândurile, pentru că se simțea ca un voyeur.

Își scutură capul, copleșit de semnificația evenimentului, iar după ce se asigură că ea era așezată comfortabil, se întoarse la masă cu Nat, pentru a umple farfurii pentru ei trei.

Nora tot privea suspicios în jur, nesigură dacă doar și-a imaginat ce a văzut sau nu. Cu toate acestea, mintea ei rațională nu-i permise să se tot gândească la asemenea lucruri imposibile. Era posibil ca Lily să își fi amestecat ciocolata fierbinte mai înainte, iar inerția să fi împins lingurița să se miște în continuare. '*Aceasta este singura explicație rațională*', dădu Nora din cap și decise să lase acele gânduri deoparte.

CAPITOLUL 18

SE ADUNARĂ CU TOȚII pe pături, puse destul de aproape pentru ca să poată purta o conversație. Au discutat despre tot și nimic în particular.

Marjorie a menționat câteva strângeri de fonduri pe care le organiza, iar toți și-au oferit timpul și banii ca să ajute. Din câte se înțelegea, mama lui Matt era o bună organizatoare, iar ea alegea cauzele care necesitau cel mai mult suport.

Ariel vorbi despre câteva experimente pe care le făcuse cu altoirea unor specii diferite de plante. Era pasionată de holticultură, dar cu toate acestea, nu îi plăcea slujba pe care o avea în prezent. Simțea că o sufocă și că nu îi oferea nici un fel de provocări. Nora înțelese că i-ar fi plăcut să aibă propria ei pepinieră într-o zi.

Becka vorbi despre cursurile ei, iar Bryan părea să știe tot ce era de știut despre ele. Norei nu-i venea să creadă că existau soți atât de atenți. În experiența ei, bărbații erau egocentrici și narcisiști.

Toți împărtășeau câte ceva și au încercat să o facă și pe ea să povestească ceva, dar ea nu avea nimic de spus.

Îi era teamă să le spună cum evoluaseră lucrurile cu Matt și nimic altceva nu se întâmplase în viața ei în ultima vreme. Povesti numai ceva ce a făcut Nat și părură mulțumiți cu atât.

După o vreme se rupseră în grupuri şi s-au mutat mai departe. Becka, Ariel, Maggie şi Lily se jucau cu bebeluşii şi îl distrau pe Nat.

Cei din vechea generaţie se adunaseră pe o pătură şi îşi împărtăşeau îngrijorările privind copiii lor pe voci joase. Cu toate acestea, din când în când, câte ceva ajungea la urechile Norei, iar ea se întrebă de ce erau toţi atât de îngrijoraţi privind o anumită sarcină pe care tânăra generaţie trebuia să o îndeplinească. Intenţiona să-l întrebe pe Matt mai târziu, sperând că el nu se va supăra din cauza curiozităţii ei.

Bărbaţii începură să joace fotbal. Numai Matt rămase alături de ea, continuând să o ţină în braţe şi şoptindu-i cuvinte fără nici o noimă în urechi.

După-amiaza trecea liniştit. Soarele era strălucitor şi o briză uşoară îi ciufulea părul Norei. Totul era perfect.

Probabil ca aţipise pentru o vreme, îndemnată la somn de alinturile lui Matt şi de căldura emanată de trupul său. Îi inspirase mirosul uşor sărat al trupului, iar corpul ei reacţionase imediat. Dar, cu toate acestea, tot adormise.

Când se trezi, ochii ei îl căutară pe Nat imediat, iar ea zâmbi când îl văzu. Era tot cu femeile şi bebeluşii pe pătură.

Maggie făcea scamatorii pentru copii şi Nora trebui să admită că era foarte bună la aşa ceva. Produsese o păsărică parcă din aer, iar Nat râse de nu mai putea. Apoi Maggie a pocnit din degete şi o tabletă mică de ciocolată îi apăru în mână. I-o dădu lui Nat care o privi pe femeie cu adoraţie.

Nora era uimită. Văzuse spectacole înainte, dar Maggie avea mai multă agilitate decât oricare alt magician pe care îl văzuse. De regulă, Nora putea ghici imediat cum făcea un magician un anumit act, dar nu reușea să ghicească ce făcea Maggie.

Nat se întoarse spre Ariel și-i spuse ceva, iar Ariel zâmbi. Pocni din degete, iar un măr roșu îi apăru în palmă.

Nora se încruntă din cauza confuziei. Mărul era mare și ea nu își dădea seama unde putuse Ariel să-l ascundă pentru că încă purta doar costumul de baie. Chiar cu câteva clipe în urmă, Nora se mirase că Ariel nu se topea sub privirea fixă și fierbinte a lui Max. Ochii bărbatului erau pur și simplu lipiți de ea, iar el aproape că nici nu clipea.

Bebelușul din brațele lui Lily își ridică brațele, iar jucăriile de pe pătura de sub ei începură să plutească în aer.

Aceea a fost picătura care a umplut paharul. Speriată acum, Nora sări din brațele lui Matt și strigă:

-Ce naiba se întâmplă aici?

Cuvintele ei opriră toate activitățile. Chiar și bărbații care jucau fotbal au uitat de minge, care a continuat să se rostogolească spre marginea apei, dar nimeni nu-i dădu nici o atenție când se scufundă sub suprafața lacului.

Nora simți că toți ochii erau pe ea, dar de data aceasta, nu îi păsa. Era înspăimântată. Nu putea găsi nici un fel de explicații raționale pentru tot ceea ce văzuse, iar teama i se intensifica. Pieptul i se ridica ridica cu greutate, iar ea abia respira și se simțea amețită. Apoi leșină.

-La naiba, mormăi Matt și se grăbi să o prindă.

-Îmi pare rău, spuse Becka venind spre ei.

Bryan o urmări cu ochii, iar apoi îi ceru lui Max să-l urmeze în casă.

Max înțelese că ceva se întâmpla, iar prietenul lui nu dorea ca el să fie martor la acel ceva, dar el îl respecta pe Bryan mult prea mult ca să nu îi accepte cererea.

Becka se așeză pe pătura lui Matt și îi mângâie Norei părul.

-Tot nu pot opri bebelușii ori de câte ori decid să se joace, îi explică ea lui Matt. Sean abia a descoperit că poate mișca obiectele. Imaginează-ți cât de fascinant este pentru el, se scuză ea. Sunt prea mici pentru a înțelege când pot face anumite lucruri și când nu ar trebui. Cred că abia în câțiva ani...

-Nu te îngrijora, păpușă, spuse Matt. Tot trebuia să afle cumva. Este o femeie extrem de rațională și mi-ar fi fost foarte greu să o fac să creadă dacă nu ar fi văzut ea însăși cu ochii ei, sublinie el.

Își trecu buzele peste ale Norei și îi șopti:

-Haide, Nora, revino-ți puiule. Trezește-te.

După câteva încercări, Nora deschise ochii. Confuzia îi lucea în pupilele verzi, iar ochii ei îi cercetară chipul lui Matt pentru a găsi un răspuns. Se ridică în șezut în brațele lui, își frecă ochii, iar apoi se întoarse spre el.

-Cred că halucinez, Matt, mărturisi ea pe o voce mică. Încă părea să fie speriată.

Matt își scutură capul, păstrându-și ochii pe fața ei.

-Ce vrei să spui? întrebă ea cu răsuflarea tăiată.

-Nu halucinezi, îi răspunse el foarte la obiect.

-Imposibil, Matt. Știi ce am crezut că văd?

-Nu chiar, dar pot să-mi imaginez. Deși, dacă îmi dai o secundă și îmi permiți să-ți citesc mintea, îți pot răspunde.

DILEMA LUI MATT

Culoarea dispăru de pe faţa Norei. Buzele îi tremurară, iar degetele îi zvâcniră pe braţul lui Matt.

-Ce vrei să spui?

-Vreau să spun că îţi pot citi gândurile, iubita mea, dar nu o voi face fără permisiunea ta, îi răspunse el pe un ton liniştit.

Ea se încruntă la el o secundă, iar apoi îi provocă:

-Bine, atunci, citeşte.

El o privi intens câteva secunde, iar apoi râse.

-În primul rând, nu ştiam că ai un vocabular atât de colorat, Nora, o mustră el în joacă, iar apoi deveni serios. În acest moment, crezi că glumesc cu tine, dar în spatele minţii tale, tot te mai întrebi ce se întâmplă. Înţeleg că l-ai văzut pe Sean ridicând jucăriile de pe pătură, Nora. Nu este mare lucru, începu el să spună, dar ea îl întrerupse.

-Ce vrei să spui când afirmi că nu e mare lucru, Matthew Winston? întrebă ea pe o voce mai puternică. Şi cum de ştii ce gândesc? se gândi ea să întrebe când realitatea îşi făcu în sfârşit loc în mintea ei.

-Ceea ce Sean a făcut se numeşte telekinezis. Dacă cineva are darul, nu este mare lucru. Până acum, Becka, Lily, Alex, Josh şi acum Sean au acel dar, explică Matt, iar ochii ei se lărgiră din cauza şocului.

-Ceea ce Maggie şi Ariel au făcut? întrebă ea pe o voce temătoare când îşi aminti de scamatoriile pe care cele două le făcuseră.

-Aceea e numai... vrăjitorie, spuse Matt şi se crispă, imaginându-şi cum suna aşa ceva în urechile ei.

Ea se împinse de lângă el, se târî puţin mai departe şi se holbă la el. Apoi se uită în jur la ceilalţi.

-Ce vrei să spui? urlă ea acum.

-Ei bine, aş spune... începu Matt să explice, dar Alex i-o luă înainte.

-Haide, Matt, eşti un papă lapte. Lucrurile sunt simple, Nora, se întoarse el spre ea, deşi Matt încercă să-l oprească.

-Sântem toţi vrăjitori. Mă rog, aproape toţi. Mama mea nu este, nici tatăl lui Matt şi nici mama Beckăi şi bineînţeles Bryan. Ceilalţi am moştenit mai multe talente. Unii au un talent, alţii au două sau trei. Unii dintre noi le-am cultivat, iar ceilalţi nu. Asta este tot, ridică el din umeri.

Nora doar îl privi incapabilă să găsească un cuvânt să-i răspundă. Nu putea accepta ceea ce el îi spusese.

-Poftim? întrebă ea, deja ameţită.

-Pentru Dumnezeu, Matt, ai spus că este o femeie deşteaptă, Alex mormăi cu dezgust.

-Taci din gură, strigă Matt la el. Şi pleacă, acum.

Era furios pe vărul său. Alex nu avea nici un fel de tact şi nu-i păsa dacă insulta pe careva.

Marjorie veni la Nora şi o luă de mână.

-Păpuşă, nu e ca şi cum sântem o familie oribilă. Avem doar câteva daruri, atâta tot. Unii oameni cântă la un instrument. Eu pot să fac scriere automată şi să citesc emoţiile oamenilor, de exemplu. Matt poate citi gânduri şi emoţii şi aşa mai departe, Nora. Nu este ceva de care să te temi. Întreabă-l pe Jonathan, dacă vrei. Sântem căsătoriţi de treizeci şi şapte de ani deja, iar el niciodată nu a avut nimic de care să se teamă. Nu-i aşa, Jonathan? se întoarse ea spre soţul său.

Jonathan se apropie de ea. Îi luă mâna lui Marjorie şi i-o sărută. Acum Nora ştia de unde învăţase Matt să facă aşa ceva.

DILEMA LUI MATT

-Am avut numai o teamă, iubirea mea, spuse el cu un zâmbet capricios pe buze. Că nu îți voi putea oferi fericirea pe care o meriți.

Ochii lui Marjorie străluciră cu lacrimi de bucurie. Își întoarse privirea înapoi la Nora, o bătu pe umăr și spuse:

-Vei vedea că nu ai de ce să te temi. Doar gândește-te la ce știi despre Matt, și vei face alegerea corectă, păpușă, sunt sigură de asta.

Cu încăpățânare, Nora își întoarse ochii, iar Matt oftă.

-Cred că ar trebui să ne întoarcem acasă, sugeră el, iar ceilalți fură de acord.

Începură să strângă tot, iar Nat veni la Matt și îl întrebă:

-Ce este o vrăjitoare, Matt?

Nora îngheță pe loc.

CAPITOLUL 19

NORA SE SIMȚEA ÎNGHEȚATĂ pe dinăuntru. Plimbarea înapoi pe lac nu a calmat-o, așa cum se întâmplase înainte. Când Matt a transportat totul la mașină, ea a așteptat la o parte, gândurile tot învârtindu-i-se în cap.

Toată lumea veni să își ia la revedere, dar ea părea să se țină la distanță, iar ei nu au stat prea mult.

Matt a ajutat-o să urce în mașină după ce s-a asigurat că Nat era în siguranță în scaunul pentru copii din spate. Se aplecă asupra ei și îi încheie centura de siguranță, iar atunci observă că privirea ei era ațintită spre parbriz.

Brusc, ea își întoarse ochii spre el și spuse:

-Vreau să merg acasă.

-Mergem acasă, aprobă Matt pe un ton liniștit, dând din cap.

Mâna ei o apucă pe a lui, iar ea spuse printre dinți:

-La mine acasă, nu la tine.

El își scutură capul și instinctiv se aplecă peste ea și o sărută apăsat.

-Îmi pare rău, iubita mea, dar nu te pot duce la apartamentul tău. Nu ești sănătoasă sută la sută, și nu poți să ai grijă de tine și de Nat așa cum trebuie, îi refuză el cererea, scuturându-și capul.

Când văzu că ea dorea să-l întrerupă, el își atinse degetele de gura ei, scuturându-și capul din nou.

-Știu că vei încerca, Nora. Ești destul de puternică și încăpățânată să încerci. Dar corpul tău nu ți-o va permite. Trebuie să te iau acasă cu mine, repetă el cu îndărătnicie, iar tonul vocii lui nu mai lăsa loc la discuții.

-Nu voi dormi cu tine, se răsti ea la el.

El rămase nemișcat, iar ochii lui arătau că era rănit, dar apoi, dădu din cap:

-Bine, atunci, o să dormi în celălalt dormitor dacă aceasta este ceea ce vrei.

-Asta vreau, replică ea cu răutate în voce. M-ai mințit și...

-Nu te-am mințit niciodată, îi replică el pe un ton liniștit. Doar că nu ți-am dezvăluit totul.

Cu acele cuvinte, el închise ușa de la mașină și alergă spre partea șoferului, pentru a-i conduce acasă.

Drumul spre casă nu le luă mai mult de cinci minute. Când ajunseră sus, Nora a vrut să-l ia pe Nat cu ea în dormitorul ei, dar Nat nu putea înțelege de ce nu-și putea petrece restul după-amiezii cu Matt și începu să plângă.

Extenuată emoțional, îi lăsă singuri și plecă. Indiferent de ce se întâmplase, tot avea încredere în Matt să aibă grijă de fiul ei.

Întinsă în pat, tot învârtea lucrurile în cap. Șocul nu-i trecuse încă și ea tot nu putea crede că familia Winston era formată din vrăjitoare. Ea știa că nu există așa ceva.

Se gândi la aptitudinile paranormale, deși în trecut le desconsiderase. Tot nu ajunse la nici o concluzie, iar după o vreme, obosită, adormi.

DILEMA LUI MATT

Degetele lui Matt, atingându-i chipul uşor, o treziră pe Nora. Ea clipi şi îl privi cu confuzie. El aprinsese lampa de pe noptieră şi ea îşi dădu seama că era deja întuneric afară.

-Hei, tu, spuse el blând. Nu am ştiut dacă să te las să dormi sau nu. Este târziu însă şi nu ai luat cina încă. Vrei să ţi-o aduc aici ori crezi că poţi suporta să iei cina cu mine în bucătărie?

Ochii lui îi trădau nesiguranţa, iar inima ei se strânse. Matt era un om cumsecade şi ea nu voia să-l rănească. Atâta doar că nu putea să treacă, pur şi simplu, peste tot ceea ce se întâmplase.

-Aş putea mânca ceva, mormăi ea.

-Vrei să-ţi aduc tava aici? se oferi el din nou.

-Nu, replică ea ridicându-se în şezut. Voi veni în bucătărie în două minute.

-Ai nevoie de ajutorul meu pentru ceva? întrebă el, îndreptându-se.

-Sunt destul de sigură că pot să merg la baie fără ajutor, Matt, îi răspunse ea. Nu am nevoie de puterile tale paranormale să mă susţină.

Vocea îi suna răutăcios. Se simţea crudă şi expusă şi nu se simţea capabilă să îi arate nici un fel de bunăvoinţă.

Matt îi percepu dispoziţia proastă, dădu din cap şi părăsi camera, prinzându-şi mâinile la spatele capului. Senzaţia că a pierdut îl măcina şi nu ştia cum să pună capăt acelei avalanşe care se rostogolea la vale.

CÂND NORA INTRĂ ÎN living, Matt era aşezat la masa pentru micul dejun, privind lacul. Deja aşezase totul pe masă.

Simțindu-i sosirea, se întoarse spre ea și se ridică. *Mereu acelaș gentleman desăvârșit*, gândi ea ironic, iar apoi, se apostrofă pe sine. Matt mereu fusese plin de considerație și respectuos, iar ea doar se purta acum urât cu el din cauza a ceea ce descoperise în după-masa aceea.

Se îndreptă cu pași înceți spre masă ca să ia loc. Matt îi ținu scaunul, iar apoi se întoarse la scaunul lui.

Începu să o servească mai întâi cu salată, iar apoi adăugă pe farfuria ei un piept mare de pui făcut la grătar și legumele preparate stir-fry. Păstrând tăcerea, el își umplu și farfuria lui și, cu un gest, o invită să mănânce.

Mâncară în tăcere câteva minute, iar apoi, Nora își ridică privirea spre el și îl întrebă:

-Intenționai să îmi spui despre toate acestea vreodată?

-Da.

Ei nu-i plăcu răspunsul lui scurt și se încruntă la el.

Da? Când? Cândva în următorii douăzeci sau treizeci de ani?

Vocea ei avusese tonalitatea unei scorpii, iar sprânceana stângă a lui Matt i se ridică pe frunte. Ea se înroși ușor, dar expresia nu i se schimbă.

-De fapt, nu, Nora. Știam că va trebui să-ți spun înainte ca noi doi să ne implicăm în această relație mai mult.

-Da? întrebă ea în bătaie de joc. Cât mai implicați ar fi trebuit să devenim ca să-mi dezvălui totul?

Lumina din ochii lui se înăspri. Matt sperase că vor fi capabili să discute despre acele lucruri în mod rațional, fără să se atace unul pe celălalt.

DILEMA LUI MATT

Înțelegea că ea se simțea cumva trădată. Nu încercase să-i citească mintea pentru că nu considera că avea dreptul să o facă fără ca ea să știe, dar emoțiile îi erau foarte puternice și nici o persoană cu abilități empatice nu ar fi putut opri acele valuri de emoție.

-Categoric înainte să te iau în patul meu și înainte să te cer de soție, replică el pe un ton liniștit.

Pentru a-și masca neliniștea, tăie o bucată de pui și și-o îndesă în gură. Nici măcar nu-i simți gustul, dar mestecă cu grijă înainte să o înghită.

Ochii Norei se lărgiră, iar vârfurile obrajilor i se acoperiră de un roz pal. Degetele îi tremurară pe furculița care zăngăni pe farfurie. Sunetul răsună în urechile lor, iar ea lăsă furculița jos. Se lăsă pe spate și îl măsură cu privirea.

-Deja m-ai luat în patul tău, observă Nora cu sarcasm.

-Nu așa cum aș vrea, îi replică Matt cu o ridicare din umeri. Îmi place la nebunie să mă cuibăresc lângă tine și am nevoie să dorm cu tine, admise el. Dar am nevoie de mult mai mult decât atât.

-Înțeleg, spuse ea liniștit și își încrucișă brațele peste piept.

Nora îl privi încă câteva clipe, iar apoi spuse:

-Știi că ai fi putut deja avea ceva mai mult de atât de ceva vreme.

-Poate, ridică el din umeri din nou și își încărcă furculița cu legume. Mănâncă-ți mâncarea, Nora, se răcește.

-Cum naiba crezi că aș mai putea mânca acum? se uită ea urât la el.

-La fel de ușor ca și mine, replică el și îi indică farfuria ei cu capul ca să o îndemne să mănânce.

-Nu sunt la fel de insensibilă ca şi tine, spuse ea printre dinţi, iar Matt rămase nemişcat.

Când îşi dădu seama ce a spus şi îşi aminti cât de atent şi grijuliu a fost Matt cu ea, vru să se plesnească zdravăn.

Nora se întinse şi îi atinse mâna lui Matt.

-Îmi pare rău, Matt. Nu meriţi aşa ceva, ştiu asta. Sunt doar foarte supărată şi speriată, doar ştii.

-Îmi pot imagina, mormăi el.

-Nu, îi răspunse ea, iar apoi râse de ea însăşi. Tu nu ai nevoie să-ţi imaginezi nimic că doar poţi să-mi citeşti gândurile.

-De fapt, trebuie, Nora. Aşa cum am spus, niciodată nu îţi voi citi gândurile fără să am permisiunea ta. Cu toate acestea, emoţiile tale...

-Ce e cu ele? se interesă ea.

-Nu le pot bloca. Voi ştii întotdeauna ce simţi. Vreau să spun că voi ştii dacă eşti fericită sau tristă, sau dacă eşti speriată sau rănită, ştii tu. Nu pot însă ştii dacă iubeşti sau urăşti pe cineva... Pentru aşa ceva ar trebui să intru în mintea ta, îi explică el şi îi făcu din nou semn cu mâna, invitând-o să mănânce.

De data aceasta, Nora îşi luă fuculiţa şi se jucă împrăştiind legumele prin farfurie, gânditoare.

-Când nu mi-ai dat voie să joc cărţi cu Jay, spuse ea, ridicându-şi ochii spre el, era din cauza talentelor lui?

Matt aprobă dând din cap şi continuă să mestece. Îi luă câteva secunde să înghită.

Îşi întinse mâna spre ea şi îşi înlănţui degetele cu ale ei, apoi, îi întoarse palma în sus, iar degetul lui mare începu să deseneze cercuri pe pielea ei netedă.

Nora îi simţea mângâierile peste tot înlăuntrul ei şi înghiţi cu greu.

-Da, Jay are percepție extra senzorială, PES, dacă vrei. Poate vedea ce cărți ai în mână. Deocamdată, nu-și poate controla darul și, în consecință, nu se poate opri să-l folosească. A juca cărți cu el este... o farsă, dacă vrei, ridică Matt din umeri.

-Înțeleg, spuse Nora. În afara familiei, știe altcineva ce puteți face? Vreau să spun tu și verii tăi... înțelegi ce vreau să spun.

-Nu, nu știe nimeni, îi răspunse Matt. Unii oameni ne-ar considera niște ciudățenii. Alții ar vrea să profite de pe urma a ceea ce putem face. Așa că nu, numai oamenii din familie știu despre noi. Desigur, celor care se căsătoresc înlăuntrul familiei li se spune dinainte ca să poată alege ceea ce vor... Până acum, spuse el pe un ton blând, nici unul dintre ei nu a dat înapoi.

Se priviră unul pe celălalt cu intensitate.

-Ai spus, începu Nora pe un ton ezitant, că vrei să mă ai în patul tău și să te însori cu mine.

-Da, vreau. Ambele, spuse Matt dând din cap.

-De ce eu? întrebă ea, iar Matt clipi.

-Poftim? spuse el derutat.

-De ce cu mine? De ce ai vrea să te însori cu mine? repetă ea cu mai multă putere. Pentru că am aflat ce poate face familia Winston?

-Nu fi bleagă, îi răspunse el pe o voce dură. Nu m-aș însura pentru un motiv atât de neînsemnat, Nora.

-Atunci de ce eu? repetă ea cu îndărătnicie. De ce ai avea interesul să te căsătorești cu mine?

Ochii lui se rotunjiră, iar intensitatea acelui albastru întunecat o lăsă fără răsuflare. Matt scutură din cap și având nevoie să se miște se ridică și începu să pășească încolo și încoace prin încăpere, pierdut în gânduri.

După câteva minute, se întoarse spre ea.

-Chiar nu pot înțelege. Ești o femeie inteligentă. Am avut dovada acelei inteligențe a ta de multe ori. Cum poate o femeie atât de deșteaptă să pună întrebări atât de idioate? întrebă el, scuturându-și capul.

-Ia vezi, se ridică și ea în picioare. Nu sunt proastă.

-Asta știu, își exprimă el acordul cu ea. Dar cu toate acestea, nu știu cum de nu-ți poți da seama.

-Să-mi dau seama de ce? îl întrebă Nora cu exasperare.

-Că te iubesc, îi replică Matt.

El înregistră șocul de pe chipul ei. Nora căzu înapoi pe scaun și îl privea cu neîncredere.

-Da, pot să-mi dau seama că ești copleșită de bucurie, spuse el pe un ton sec.

Își luă farfuria și platourile de pe masă și le duse în bucătărie. Le curăți, iar apoi le plasă în mașina de spălat vase. Ea tot îl privea ca și cum nu îi venea să creadă ce spusese.

-Termină-ți cina, Nora, o invită el pe un ton liniștit. Lasă totul pe masă. Mă voi ocupa eu de vase mai târziu. Noapte bună, adăugă el și părăsi încăperea.

Nora rămase la masă, privind afară pe fereastră, dar cu toate acestea, ochii ei nu înregistrau nimic. Pe de o parte, vorbele lui Matt o făceau să simtă o bucurie euforică, iar pe de altă parte, o înspăimântau pentru că nu știa dacă și ea îl iubea.

Târziu, își dădu seama că mâncarea i se răcise, iar corpul îi era înțepenit pentru că stătuse în aceeași poziție prea multă vreme. Cu dificultate, se ridică în picioare și o porni încet spre camera ei.

CAPITOLUL 20

NORA STĂTEA PE BANCA de pe pervazul ferestrei, privind lacul, când auzi bipul de la interfon. Se strâmbă şi îşi abandonă locul pentru a răspunde la uşă.

Fiind ziua Canadei, Matt îl luase pe Nat să vadă nişte spectacole pe Harbor Front, împreună cu Marjorie şi Becka.

Deşi avea unele nelinişti în ceea ce privea aptitudinile ce existau în cadrul familiei Winston, avea încredere în Matt şi familia lui când venea vorba de fiul ei.

Ultimele două săptămâni fuseseră dificile. Matt fusese mereu politicos cu ea, dar era închis în sine. Ea fusese rezervată.

Îşi luau mesele împreună, iar Matt îl ducea pe Nat să-i viziteze pe Becka şi Bryan cu regularitate. Mergeau mereu împreună în parc, dar Nora întotdeauna refuza să iasă cu ei.

Nu mai ştia cum să reacţioneze în faţa lui Matt. Ştia că fusese rea şi duşmănoasă şi nu ştia cum să-şi ia cuvintele înapoi. Căsătoria ei precedentă o lăsase nepregătită pentru aşa ceva şi nu ştia cum să repare situaţia.

Nora era extenuată. Mintea ei se tot învârtea în jurul sentimentelor pe care le avea pentru Matt şi în jurul cuvintelor pe care el i le spusese.

De asemenea, era îngrijorată să se întoarcă la apartamentul ei. După cum bănuise, plata ei de invaliditate acoperea doar chiria şi îi mai rămâneau numai două sute de dolari în bancă după ce o plătea.

Îşi putea rezolva problema aceea numai dacă se întorcea la muncă, ceea ce părea să nu fie posibil pentru că doctorul nu voia să-i semneze actele. Îi ceruse exact acel lucru când se dusese la programarea pe care a avut-o cu el în urmă cu o zi, iar el o refuzase.

Cu toate acestea, nu mai putea să profite de Matt. Acum el era ursuz şi ea presupuse că el îi permitea să rămână în apartamentul lui numai din cauza felului în care fusese crescut.

Nora apăsă butonul de la interfon şi descuie uşa fără să mai întrebe cine era. Nu-i mai păsa. Sentimentul ei de singurătate devenise atât de acut încât ar fi primit cu bucurie pe oricine, chiar şi pe Alex, care nu părea să o placă prea mult.

Când auzi ciocănitul în uşă, imediat o deschise şi se găsi faţă în faţă cu Bryan.

Ea schiţă un surâs timid şi îi făcu semn să intre în casă. Ştiuse că se va simţi nelalocul ei când se va întâlni cu vreunul dintre ei după fiascoul de la lac, dar nu se aştepta să se simtă chiar atât de prost.

Bryan intră, privind-o atent. Se aplecă spre ea şi îi sărută obrazul.

-Pari înfiorător de obosită şi deprimată, remarcă el. Este totul în regulă?

-Mă flatezi, Bryan, replică ea pe un ton sec.

-Nu asta era intenţia mea, Nora, îşi scutură el capul. Am adus câte ceva pentru noi, îi spuse el, arătându-i punga din mână. Du-te şi aşează-te pe sofa, iar eu voi pune totul pe un platou şi vin la tine imediat.

-Pot şi eu să pun totul pe un platou, îi replică ea cu îndărătnicie, iar apoi îi smulse punga din mână. Acum, du-te tu şi ia un loc pe sofa, îi spuse ea şi îi dădu un ghiont în direcţia canapelei.

Bryan nu se mişcă din loc la început, apoi râse, îşi ridică mâinile în semn de capitulare, iar apoi se îndreptă cu paşi leneşi spre sofa. Putea să o vadă pe Nora în bucătărie, încercând să localizeze platourile.

El râse şi îi spuse:

-Încearcă ultimul dulap de pe stânga. Acolo ţine Matt platourile. Din câte văd, tot nu te lasă în bucătărie, observă el.

-Doar ştii că nu, replică ea pe un ton jalnic. Fie tu, fie Marjorie furnizaţi mâncarea. Nu mi se permite să fac nimic pe aici şi pur şi simplu mă înnebuneşte inactivitatea, mărturisi ea, aranjând pateurile şi celelalte produse de patiserie pe platou.

-I-ai spus asta? o întrebă Bryan blând, continuând să o privească, judecându-i reacţiile şi emoţiile.

Nora ridică din umeri, dar nu spuse nimic. Aduse platoul la măsuţa de cafea şi îl întrebă:

-Vrei cafea, coca sau bere?

-O bere ar fi bună, răspunse el cu nonşalanţă. Nu te obosi să aduci un pahar, Nora. Nu am nevoie, se gândi el să menţioneze. Niciodată nu se obosea cu eticheta.

Ea se întoarse la bucătărie să-i aducă berea, iar el notă cu satisfacţie că se mişca cu mai multă uşurinţă. Nu era complet vindecată, iar din ce îi spusese Matt ştia că probabil ea va continua să schioapete uşor de-a lungul întregii vieţi, ceea ce nu părea să îl deranjeze pe Matt deloc.

Era important însă că se găsea pe drumul de vindecare. Acum, numai dacă el ar fi putut să o ajute să-şi tămăduiască celelalte răni pe care le avea.

Nora se întoarse cu o bere pentru el şi o coca pentru ea. Se aşeză într-un fotoliu şi oftă.

-O zi grea? se interesă Bryan.

-Vreo două luni de zile dificile, replică ea cu o înclinare a capului.

-Asta văd. Deci spune-mi, de ce nu i-ai spus lui Matt că ţi-ar place să-ţi faci de lucru prin bucătărie?

Ea îşi luă privirea de la el. Apoi se aplecă şi alese un pateu.

-Eviţi să-mi răspunzi la întrebare, observă Bryan.

-Desigur că evit să-ţi răspund la întrebare, se răsti ea la el.

-De ce? insistă el.

Ea oftă profund, iar apoi cedă.

-Pentru că Matt şi eu nu prea vorbim, ca să ştii. Mă întreabă dacă sunt bine şi dacă vreau să mănânc ceva sau să mă uit la un film. Îmi cere permisiunea să îl ia pe Nat cu el... Dar nimic altceva, ridică ea din umeri.

-De când?

-Parcă nu ai ştii, se uită ea urât la Bryan. De la ziua aia blestemată de la casa ta de pe lac.

-Deci înţeleg că eşti supărată pe Matt din cauza a ceea ce s-a întâmplat şi ceea ce ai aflat, trase el concluzia.

-Am fost. Atunci, se gândi ea să precizeze. Haide, Bryan, nu-mi spune că tu nu ai fi fost surprins dacă aşa ceva ţi s-ar fi întâmplat ţie, ridică ea sprâncenele cu nedumerire.

Bryan izbucni într-un râs zgomotos şi îşi plesni genunchiul. Ochii îi străluceau de hilaritate.

-Ce este atât de amuzant? se încruntă Nora, neînţelegând cum de putea el să râdă în astfel de circumstanţe.

-Tu, Nora, tu eşti amuzantă.

-Din cauză că am fost surprinsă şi speriată de tot ce s-a întâmplat? întrebă ea cu buimăceală.

De fapt, nu se aşteptase la acea purtare mojică din partea lui Bryan. Nu păruse să fie genul de om care s-ar distra pe seama cuiva numai de dragul de a o face. '*Cât de mult pot greşi uneori,*' se gândi ea.

-Desigur că nu. Nu aş râde de tine din această cauză, Nora, se uită şi el urât la ea.

El sperase că ea ajunsese să îl cunoască mult mai bine până atunci.

-Râd pentru că tu presupui că eu nu am fost niciodată în acea poziţie, râse el din nou, iar apoi îşi scutură capul.

Nora doar îl privi, iar sprâncenele i se urcară pe frunte. Niciodată nu îl văzuse pe Bryan într-o astfel de stare.

-Imaginează-ţi, spuse el, că am dus-o pe Becka în exact acelaş loc. Am făcut dragoste cu ea pentru prima dată, unul dintre cele mai frumoase momente din viaţa mea, apropo. Iar apoi ne-am certat, spuse el. Vei afla cu siguranţă de ce, adăugă el, dând din mână. Nu-mi voi pierde timpul cu astfel de detalii. Destul de curând se va găsi cineva să îţi relateze evenimentele cu mare bucurie. Am fost calul lor de bătaie de atunci, îşi flutură el mâna cu dezgust. Oricum, la vremea aceea, nu știam nimic despre familia ei și, ca să fiu foarte onest cu tine, nici nu credeam în astfel de lucruri.

-Știu ce vrei să spui, spuse Nora. La fel gândeam și eu și totul a fost foarte șocant pentru mine.

-Da, știu. La fel și pentru mine. Oricum, la vremea aceea, Becka nu-și putea controla puterile, ca să știi. S-a supărat rău de tot pe mine, iar vântul a început să se învârtă în jurul nostru și obiecte au zburat în aer, își scutură el capul, surâzând. Imaginează-ți numai, să-ți zboare un răcitor imens chiar pe deasupra capului. Oh, frate, asta chiar m-a speriat, mărturisi el, deși râdea.

Nora îl ascultă cu uluire.

-Ce ai făcut? îl întrebă ea fără răsuflare.

Ea, una, ar fi fugit să găsească adăpost până ce lucrurile s-ar fi liniștit.

Bryan își trecu degetele prin păr, mai înghiți o gură de bere, iar apoi, privind drept în ochii ei, spuse:

-Am fost un măgar idiot. Cel mai mare măgar posibil. M-am purtat cu ea de parcă ar fi fost o ciudățenie. Am rănit-o și încă profund.

-Oh, Dumnezeule. Cum de te-a mai acceptat înapoi? îl întrebă Nora cu ochii mari, știind că ea nu ar fi fost capabilă să ierte așa ceva.

-Cred că am fost norocos. M-am dus pe la ea acasă după câteva zile. Mă gândeam să o implor, să mă umilesc... Știi tu, să fac tot ce era posibil pentru a o convinge să mă ierte. Dar ea m-a iertat imediat. Nu a simțit deloc nevoia să mă pedepsească.

-Văd, murmură Nora, cu toate că găsea greu de cezut că o femeie ar fi putut da așa ceva la o parte și pur și simplu să uite.

-Acum, dă-mi voie să-ți spun ceva, Nora. Dacă eu am putut accepta ca lucrurile să zboare în jurul meu şi vânturi şi furtuni, crede-mă, şi tu poți accepta talentul lui Matt. Al lui, cel puțin, nu te sperie. Ştii că nu te poate răni. De exemplu, lovindu-te cu un răcitor în cap, spuse Bryan râzând.

-Matt ți-a cerut să vii şi să vorbeşti cu mine, trase ea concluzia, strângându-şi mâinile.

-Oh, nu, Nora. Nici măcar să nu-i spui că am vorbit despre asta. M-ar jupui mai întâi. Aş vrea să rămân în relaţii bune cu Matt. El este unul dintre cei buni, să ştii. Nu vreau să-i pierd prietenia, Nora. Dar ştiu că tânjeşte după tine, iar tu, dacă ar fi să îmi dau cu presupusul după ce te-am văzut azi, şi tu tânjeşti după el. De ce nu ai arăta puțină bunăvoinţă faţă de voi amândoi şi nu ai încerca să vorbeşti cu el? Înţeleg că el se teme că nu vrei să auzi ce vrea el să spună şi din cauza aceasta suferă, îi spuse Bryan şi îşi termină berea.

-Mi-ar place să vorbesc cu el, dar nu ştiu nici măcar de unde să încep. Şi mai mi-e şi teamă că el va crede că încerc să profit de pe urma lui din cauza situaţiei mele din prezent, iar asta este şi mai rău, mărturisi ea, aplecându-se în faţă. Ştie că doctorul nu vrea să-mi semneze hârtiile ca să mă întorc înapoi la serviciu şi că situaţia mea financiară acum este foarte proastă.

-Atunci doar dă-i permisiunea să-ți citească mintea. Aceasta ar trebui să-i alunge orice fel de dubii şi suspiciuni. Te asigur eu, procesul nu doare absolut deloc. L-am încercat, îi spuse Bryan pe un ton realist.

-Este uşor pentru tine să spui aşa ceva, se răsti ea.

-Ştiu că îmi este uşor să spun, aprobă Bryan dând din cap. Este mereu uşor să dai sfaturi, ştiu. Dar dacă nu faci ceva, amândoi veţi pierde. Matt niciodată nu va încerca să te oblige să faci ceva. Iar dacă el crede că aceasta este ceea ce vrei tu, te va lăsa în pace, indiferent de cât de mult suferă, îi explică Bryan.

Nora îşi închise ochii şi îşi muşcă buza de jos. Bryan mai că vedea cum i se învârteau rotiţele în cap, continuu.

-Pot să îţi mai cer o favoare, Bryan? deschise Nora brusc ochii şi îşi fixă ochii verzi lucitori asupra lui.

-Desigur că da, îşi înclină Bryan capul.

-Aţi vrea voi doi, tu şi Becka, să-l ţineţi pe Nat peste noapte? Azi sau poate mâine dacă nu puteţi azi, se grăbi ea să spună.

-Putem să-l luăm cu noi astăzi, nici o problemă. Ne vom distra de minune, surâse el. Dă-mi voie să o sun pe Becka şi să-i spun. Este cu Matt şi Nat chiar acum. Poate să îl ia pe Nat cu ea acasă, iar tu şi Matt veţi avea apartamentul numai pentru voi doi în seara aceasta, îi făcu Bryan cu ochiul şi îşi scoase telefonul din buzunar.

Formă numărul Beckăi şi îi explică totul cât putu de rapid, avertizând-o de la început să nu îi spună nimic lui Matt.

CAPITOLUL 21

LUI MATT ÎI ERA TEAMĂ să petreacă o întreagă după-masă şi seară singur cu Nora. Tânjea să fie cu ea, dar, cu toate acestea, ştiind că ea nu dorea să-i vorbească, simţea o durere acută în piept.

Becka ceruse să-l ia pe Nat cu ea până a doua zi. Îl asigurase că clarificase totul cu Nora.

În ciuda a tot, el tot a verificat sunând-o pe Nora, iar aceasta a făcut-o pe Becka să mârâie la el, ceea ce l-a înveselit pe Nat considerabil.

Tocmai erau pe punctul să meargă spre casă, iar băiatul nu prea voia să meargă. Ar fi preferat să alerge de-a lungul portului.

Marjorie vrusese să-l însoţească pe Matt acasă. El simţise acel lucru. Cu toate acestea, Becka a luat-o de mână şi a invitat-o să-i vadă gemenii.

Matt nu putea concura cu gemenii în zilele acelea. Curând, mama lui se îndreptă cu paşi domoli spre maşina Beckăi şi plecă cu ea.

Matt se resemnă să mai petreacă o altă după-amiază în tăcere. Gândul că Nora era în acelaş apartament cu el, atât de aproape, dar, totuşi, atât de departe, îl ucidea încetul cu încetul.

179

Gemu, dar cum nu avea nimic altceva de făcut, își conduse mașina spre casă.

Spre mâhnirea lui nu dădu peste nici un fel de stopuri, nici un fel de ambuteiaje, nimic. Ajunse acolo aproape imediat. Cu un oftat, își parcă mașina și își sprijini capul de volan pentru câteva secunde.

'*Hai, ieși din mașină o dată, pisică speriată,*' mormăi el și, în sfârșit, coborî din mașină.

Apartamentul lui se găsea la etajul douăzeci și șapte și uneori călătoria cu liftul până acolo părea să ia o eternitate. Desigur, nu în acea zi. Avu impresia că liftul l-a transportat la etajul lui cât ai clipi din ochi.

Se îndreptă spre ușa de la apartament cu groază. Respiră profund, pregătindu-se pentru a fi tratat cu tăcere din nou, iar apoi descuie ușa.

Așa cum se aștepta, apartamentul era tăcut. Știa că ea nu-l va întâmpina, așa cum obișnuia înainte.

Brusc, un gând dureros i se strecură în minte. Nora plecase, iar cererea pe care i-o făcuse Beckăi era doar o minciună. Probabil că îl aștepta pe Nat acasă la Becka, iar apoi urma să se îndrepte spre apartamentul ei.

-Nu, strigă el, iar apoi lovi zidul cu pumnul cu toată puterea de care era capabil.

Matt dorea și el să aibă șansa lui și nu putea doar să o lase să treacă fără a se împotrivi, acceptând să i se strecoare printre degete.

Mai că smulse ușa din balamale când o deschise. Nu-i păsă că încheieturile degetelor îi sângerau sau că ar fi putut distruge ușa.

DILEMA LUI MATT

Abia ieşise pe uşă cu un mers plin de hotărâre, când Nora îl strigă din spate:

-Matt, unde te duci? Ce s-a întâmplat?

Matt se clătină pe picioare. Se întoarse încet, iar ochii i se fixară pe Nora.

Cu ochii lărgiţi, aceasta privi de la el spre gaura din zid şi înapoi. Păli, iar ochii i se fixară pe încheieturile degetelor lui care sângerau.

-Deci asta am auzit, şopti ea. Ai lovit zidul, spuse ea mai tare, scuturându-şi capul.

Nu putea crede că el a făcut aşa ceva. Matt era mereu calm şi echilibrat. Nu era un individ cu capul înfierbântat, iar ea nu putea reconcilia imaginea pe care o avea în faţa ochilor cu Matt pe care îl ştia.

Se holbă la el, iar apoi urlă:

-Ţi-ai pierdut minţile? De ce naiba ai face aşa ceva?

Matt îşi flutură mâna, încercând să spună ceva, iar apoi se uită şi el urât la ea. Nu îşi găsea curajul să admită de ce a făcut acel lucru.

-Care este problema? Ce te-a făcut atât de furios? îl întrebă Nora din nou, pe o voce mai calmă de data aceasta.

Nu ar fi crezut că ar fi existat ceva care să-l facă pe Matt să-şi piardă cumpătul. El era mereu atât de răbdător şi înţelegător încât comportamentul lui de acum o uluia.

'Ce m-a înfuriat atât de rău? Femeia aceasta nu-şi dă seama de nimic, la naiba! Numai ce mi-a smuls inima din piept şi mă întreabă care este problema,' îşi scutură Matt capul.

Apoi își drese vocea, privind în altă parte pentru câteva clipe. Când ajunse la o decizie, închise ușa în spatele lui. Își aruncă cheile în bolul de pe masa de lângă ușă, iar numai apoi privi spre ea din nou.

Se simțea prostește din cauza a ceea ce făcuse, dar știa că trebuia să spună ceva și să-și explice purtarea. Să o mintă pe Nora nu era o alegere posibilă.

-Am crezut că ai plecat, spuse el cu un oftat.

-Poftim? spuse ea, cu ochii mari.

-Am crezut că ai părăsit apartamentul. Că m-ai părăsit, repetă el, și că i-ai cerut Beckăi să îl ia pe Nat cu ea că să te duci mai apoi la ei acasă să-l iei cu tine, explică el pe o voce mai puternică și rebelă.

Suna ca un copil îmbufnat care explica de ce a făcut o prostie. Câteva secunde, Nora nu reuși să-i răspundă. Ochii ei verzi îi trădară mai întâi nelămurirea, iar apoi furia.

-Chiar așa? Chiar crezi că aș fi atât de lipsită de bun simț, Matt? întrebă Nora, abia controlându-și mânia.

El își dădu seama că cuvintele lui au ofensat-o și încercă să se scuze:

-Îmi pare rău, iubito. Nu m-am gândit. Doar am reacționat, își deschise el brațele, incapabil să mai găsească cuvinte pentru a se explica.

Nu știa ce ar mai fi putut spune pentru a o face să nu se mai simtă atât de rănită.

-Ar trebui să mă știi mai bine de atât, spuse ea morăcănoasă.

-Te știu mai bine, recunoscu el. Doar că mi-am pierdut simțul realității pe moment.

Nora îl privi de sus până jos, iar apoi îi luă mâna și îl trase după ea.

-Unde mergem? întrebă el, iar apoi, din nou, se plesni mental pentru că punea astfel de întrebări idioate. Atâta timp cât ea dorea să-l aibă cu ea, lui nu îi păsa unde mergeau.

Ea își întoarse capul spre el și zâmbi.

-Doar până în living pe moment. Imediat după ce am curățit încheieturile degetelor acelea și am oprit sângerarea, se gândi ea să adauge.

-Sângerarea s-a oprit, nu îți fă griji pentru așa ceva, îndepărtă Matt subiectul cu o fluturare a mâinii de parcă problema aceea nu ar fi fost importantă.

-Haide, Matt, fă-mi pe plac. Haide să-ți curățim degetele mai întâi, iar apoi mai vedem noi după aceea.

Matt cedă și o lăsă să se agite tratându-i degetele. Când termină, ea îl conduse în living și îl invită să ia loc pe sofa. Mulțumită că el o asculta, se îndreptă spre bucătărie.

-Apropo, Bryan a trecut pe aici în după-masa aceasta, spuse ea dispărând în bucătărie. Ne-a adus niște produse de patiserie. Mai întâi l-am întrebat pe el dacă Nat putea merge la ei acasă ca să doarmă peste noapte, iar apoi el a sunat-o pe Becka, veni vocea ei din bucătărie, iar Matt se aplecă într-o parte pentru a putea să o vadă prin arcul de la alcov.

-De ce a venit? întrebă el, iar suspiciunea era evidentă în vocea lui.

Nora se întoarse cu o tavă în mâini, iar Matt imediat sări în picioare să îi ia povara din mâini.

Ea dădu din picior furioasă.

-Nu sunt fragilă, Matt Winston. Sunt perfect capabilă să duc o tavă, mormăi ea la el.

-Nu, iubito, nu eşti fragilă. Dar nu vei căra o tavă încă o lună sau două. Vedem după aceea cum merg lucrurile, ridică el din umeri, fără a promite absolut nimic.

-Cu tine, nu mi se va permite să duc nimic în mâini pentru tot restul vieţii, îi aruncă ea o privire urâtă, punându-şi mâinile pe şolduri.

Matt ridică din umeri şi îi surâse. Era destul de inteligent să nu înceapă un argument cu ea chiar atunci.

-Haide, iubito, vino aici, stai jos, o invită el, punând platoul pe măsuţa de cafea din faţa sofalei.

Nora se hotărî să îşi aleagă bătăliile cu înţelepciune şi lăsă acea discuţie la o parte. Nu credea că ar fi avut şanse să o câştige prea curând.

Se aşeză pe sofa şi, lăsându-şi papucii de casă pe podea, îşi trase picioarele sub ea. Se aplecă în faţă să ia una dintre farfuriile de pe tavă şi un pateu, dar Matt imediat o opri şi îi pregăti o farfurie. Ea pufni, dar nu comentă.

Aşteptă până ce Matt se servi şi el şi se aşeză într-un fotoliu nu departe de ea.

De-a lungul ultimelor săptămâni, înainte de evenimentul de la lac, el mai cumpărase încă două fotolii şi câteva otomane şi perne, pe care le împrăştiase prin living.

Părea necesar. Avuseseră oaspeţi aproape în fiecare zi pe vremea aceea. Obişnuiau să vină în grupuri şi mereu comentau că nu era suficient mobilier.

După ce a avut ea acea ieşire nervoasă la lac, vizitele în grup s-au încheiat, iar unele vizite au încetat complet. Oamenii erau probabil circumspecţi din cauza ei.

-Cred că ar trebui să vorbim, spuse ea, după ce a muşcat din bucata ei de pateu.

DILEMA LUI MATT

Matt era tocmai pe punctul de a-l duce pe al lui la gură, iar mâna îi îngheță la mijlocul drumului. Ochii i se întunecară și nici măcar nu îndrăzni să clipească.

-Nu este cazul să te îngrijorezi, spuse ea cu un zâmbet mic. Sau, mai bine spus, sper să nu te îngrijorezi. Mi-ai spus că îmi poți citi mintea dacă eu ți-o permit, continuă ea pe o voce întrebătoare.

Matt doar dădu din cap. Puse pateul înapoi pe farfurie și așeză farfuria pe masă.

-Îți dau voie, spuse ea blând. Haide, dă-i drumul și distrează-te, încercă ea să-i îmbunătățească dispoziția, dar Matt nu prea se simțea ușurat.

-Ești sigură? întrebă el șovăitor.

Ea dădu din cap cu hotărâre și închise ochii. Nu știa exact cam ce însemna acea citire a minții, dar deja se decisese să accepte sfatul lui Bryan și nu voia să dea înapoi.

Matt o privi fix, iar apoi, văzând că ea nu-și schimba părerea, își închise ochii și se scufundă în gândurile ei. Nu avu nevoie de mai mult de câteva secunde pentru ca lacrimile să i se adune în ochi.

Părăsi fotoliul și o trase în brațele lui, uitând întru totul despre neliniștile lui de mai devreme. O strânse tare în brațe, până ce ea spuse blând 'au'.

-Oh, puiule, îmi pare atât de rău. Nu am vrut să te rănesc, spuse el în grabă și se trase la o parte.

-Știu, Matt. Numai că m-ai strâns prea tare. Altfel, faptul că tu mă atingi, aceea nu este o problemă, spuse ea și îi atinse chipul cu degetele, trasând conturul bărbii sale țepoase.

Nora micșoră distanța dinte ei și își petrecu brațele în jurul lui. Își sprijini capul pe pietul lui și inspiră mulțumită.

Matt o îmbrăţişă din nou, nu atât de strâns de data aceasta, iar apoi îi sărută creştetul capului.

-Sunt gata acum, şopti ea.

Matt deveni stană de piatră, temându-se şi să respire.

Ea îşi ridică privirea spre el şi avu senzaţia că intensitatea pupilelor lui o înghiţea. Albastrul închis al ochilor lui devenise şi mai închis la culoare.

-Vrei să spui că eşti gata pentru mine? o întrebă el, nesigur pe el însuşi.

-Da, aceasta vreau să spun, dacă nu ţi-ai schimbat părerea, evident, replică ea.

Într-o clipă, el o ridică în braţe şi cu paşi uriaşi o porni spre dormitorul său.

-Nu în această viaţă, Nora. Îmi pare rău, iubito, dar nu în această viaţă.

O dată ajuns în dormitorul lui, o aşeză pe pat şi apoi făcu un pas în spate. Se uita fix la ea, fericit să o vadă întinsă în patul lui încă o dată.

Apoi se întoarse şi închise uşa, de parcă s-ar fi temut că lumea ar năvăli nepoftită peste ei.

CAPITOLUL 22

CÂND AJUNSERĂ ACASĂ la Marjorie, Nora nu-şi putu crede ochilor. Viitorii ei socri nu se dăduseră în lături de la nici un fel de cheltuieli.

Flori acopereau fiecare colţ şi suprafaţă disponibilă. Bufetul era decadent şi, într-o paletă diversă de culori care atrăgea ochii oamenilor şi le făcea să le plouă în gură.

Matt o ţinea de mână şi râse de surpriza ei.

-Mama ştie întotdeauna cum să dea o petrecere somptuoasă, puiule, îşi trecu el buzele peste obrazul ei.

-Pot să văd asta, replică ea cu uluire. Nu am văzut niciodată aşa ceva. Dar nu ar fi trebuit să se deranjeze atât de mult..., îşi scutură ea capul.

-Iubito, trebuie să înţelegi ceva, îi şopti Matt în ureche. Sunt primul ei născut. A aşteptat acest moment de mai bine de treizeci şi patru de ani. Trebuie să o lăsăm să-şi facă voia, o sfătui el, iar Nora aprobă cu o înclinare a capului.

Nat, care o ţinea de cealaltă mână, strigă:

-Mami, uite, Becka este aici.

Imediat, îşi trase mâna dintr-a ei şi fugi spre Becka, persoana lui cea mai favorită în lume după Nora şi Matt.

Becka îl întâmpină cu o îmbrăţişare strânsă şi un sărut pe obraz.

-Uau, arăți atât de bine, îl lăudă ea.

Matt refuzase să-i ceară copilului să se îmbrace în costum pentru petrecere. Insistase că Nat era copil și avea nevoie să se simtă în largul lui ca să se miște în jur.

Până la urmă, s-a ajuns la un compromis între toate părțile implicate – Nat nu va purta un costum la petrecerea de logodnă dată de Marjorie pentru ei, dar va purta unul pentru nuntă.

Imediat ce s-a răspândit vestea că au sosit, toată lumea veni să-i felicite. Marjorie și Jonathan zâmbeau larg, plini de mândrie, și îi îmbrățișară și pe Nora și pe Matt de mai multe ori.

Oamenii i-au admirat rochia Norei, iar ea s-a înroșit. Matt îi slăbise decizia de a o refuza cu un atac constant timp de o săptămână până ce a făcut-o să o accepte. O cumpărase el însuși și i-a prezentat-o sub forma de cadou, împreună cu toate accesoriile necesare.

Rochia de mătase fără mâneci era de culoarea smaraldului și îi îmbrățișa trupul fără însă să fie strâmtă. Se oprea chiar deasupra genunchilor. Ochii ei străluceau mai aprins, reflectând culoarea rochiei.

Plin de considerație, Matt i-a cumpărat pantofi fără toc, pentru ca să nu-și obosească piciorul prea mult, și o geantă mică. Deja era îngrijorat că Nora se va osteni prea mult în timpul petrecerii și îi ținuse o întreagă predică, explicându-i să nu stea prea mult în picioare și să-l anunțe imediat dacă obosea. Până își terminase el discursul, ea își dăduse deja ochii peste cap de mai multe ori, dar îi promisese să-i spună imediat dacă simțea că totul era prea mult pentru ea.

DILEMA LUI MATT

Ținea minte ce îi spusese Marjorie despre a-i oferi unui bărbat posibilitatea de a se simți mândru. Matt era mereu atent și mereu știa intuitiv de ce avea ea nevoie. Măcar atâta lucru putea și ea face – să-i respecte dorințele în acea privință.

S-au plimbat alene printre musafiri, ținându-se de mână, discutând despre lucruri fără importanță și răspunzând la întrebări.

Au trebuit să se despartă când bărbații l-au luat pe Matt deoparte ca să discute cu el petrecerea burlacilor, pe care el o refuzase inițial.

Nora îl convinsese să o accepte. O petrecere a burlacilor era asemănătoare unui ritual de atingere a vârstei majoratului, iar ea nu dorea ca el să piardă nimic din acea experiență.

Ieși afară pe terasă cu Lily ca să ia o gură de aer proaspăt. Marjorie se depășise pe sine însăși cu organizarea petrecerii, dar Nora tot avea impresia că se sufocă când erau prea mulți oameni în jur.

-Am înțeles că nunta va fi la casa lui Bryan de la lac, spuse Lily, sorbind din paharul ei cu șampanie și privind rochia Norei.

Acea culoare ar fi mers și pentru ea, dar ar fi avut nevoie să găsească un alt model de rochie. Ea nu avea curbele Norei.

-Da, îi zâmbi, Nora. Becka va fi doamna de onoare, știi. Am decis să avem doar o doamnă de onoare și un cavaler de onoare. Altfel, nu am mai fi avut nici un fel de musafiri sau aproape nici unul, râse ea, iar Lily îi împărtăși hilaritatea.

-Mda, ai dreptate. Mi-amintesc nunta Beckăi. Doar vechea generație a jucat rolul de musafiri. Toți ceilalți am fost domnișoare de onoare și cavaleri ai mirelui. A fost hilarios, chicoti Lily.

-Ce a fost hilarios? veni Maggie spre ele, mişcându-şi şoldurile ritmic, şi ridicându-şi paharul în onoarea Norei.

-Nunta Beckăi, îi explică Lily. Cu noi toţi făcând parte din ceremonie, îţi aminteşti?

-Oh, da, se strâmbă Maggie. Sper că nu ne vei face acelaş lucru şi tu, o imploră ea pe Nora.

-Nu te teme, replică Nora râzând. Doar Becka şi Bryan. Toţi ceilalţi veţi fi doar musafiri.

-Ptiu, mulţumesc lui Dumnezeu, Nora!

Îşi şterse fruntea într-o manieră teatrală, iar celelalte râseră când o văzură.

-Deci, văd că l-ai înhăţat până la urmă, veni vocea Rebeccăi din spatele Norei.

Nora se întoarse spre bătrâna femeie cu rigiditate. Nu o mai văzuse pe Rebecca din ziua în care venise la spital, dar nu putea spune că-i dusese lipsa.

Rebecca îi aruncă un rânjet urât Norei şi, brusc, Lily se întoarse pe călcâie şi se grăbi spre casă.

-Bună ziua, Rebecca, replică Nora calm. Nu îmi amintesc să fi înşfăcat vreun bărbat vreodată, spuse ea şi sorbi fără grabă din paharul ei.

Încerca să ascundă orice semn de nelinişte. Ştia că Rebecca o va ataca dacă ar fi perceput vreo slăbiciune.

-Străbunico, interveni Maggie pe un ton plictisit, cred că, de fapt, Matt a fost cel care s-a ocupat de înhăţare până la urmă. De fapt, chiar pot depune mărturie privind chestia asta. Am fost de faţă la tot, îşi flutură ea mâna.

-Sunt sigură că ai altceva de făcut, domnişorico, aşa că dispari, se răsti Rebecca la ea.

DILEMA LUI MATT

Maggie păru să reflecteze pentru o clipă, iar apoi își scutură capul:

-Nu, îmi pare rău, buni. Nu am nimic altceva de făcut. De fapt, chiar făceam ceva acum, sublinie ea. Vorbeam cu Nora. Dar nu e o problemă, își bătu ea străbunica pe braț, putem să te includem și pe tine în conversația noastră. Nu-i așa, Nora? o întrebă ea pe aceasta și îi făcu cu ochiul, iar Nora nu-și putu opri un surâs strâmb în colțul gurii.

-Fetițo, îți lipsesc manierele, se răsti Rebecca la Maggie din nou. Nu știi când nu ești dorită undeva. Acum dispari.

-De fapt, Nora mă vrea aici, nu-i așa, Nora?

Nora o evaluă pe bătrâna femeie din fața ei. Supărarea ei față de Maggie se intensifica, iar Nora nu dorea să fie instrumentul unei rupturi între cele două.

-Nu e nici o problemă, Maggie. Rebecca pare hotărâtă să-mi spună ceva, așa că mai bine o lăsăm să o facă. Între timp, te deranjează dacă te rog să-mi pui și mie niște deserturi pe o farfurie? Le-am văzut mai devreme și nu-mi mai pot lua gândul de la ele, o rugă ea pe Maggie și o mângâie pe braț cu blândețe.

-Ești sigură? o întrebă Maggie neconvinsă.

-Da, sunt, replică Nora zâmbind.

În ciuda acelui zâmbet al Norei, Maggie putu citi o determinare aprigă în ochii ei.

-În regulă, buni, scena îți aparține întru totul, se aplecă Maggie în bătaie de joc, iar ochii Rebeccăi o fulgerară.

Maggie se îndreptă spre casă cu un pas ușor, aproape plutind, chicotind în același timp.

Rebecca o privi îndepărtându-se, iar apoi se întoarse spre Nora. O privi cu ochi duri, incercând să o intimideze, dar Nora nu dădu înapoi, ci îşi îndreptă umerii şi o privi pe Rebecca drept în ochi.

-Ştii că i-ai stricat toate şansele lui Matthew? o întrebă Rebecca de sus.

-Nu ştiu ce vrei să spui, îşi scutură Nora capul.

-Ar fi putut avea totul, îşi aruncă Rebecca mâinile în aer.

Nora auzi sunetul frunzelor care fremătau şi bursc, vârtejuri de aer rece o înconjurară. Inima i se opri o secundă, amintindu-şi ce-i povestise Bryan, dar îşi spuse că Rebecca nu o putea ucide în casa lui Marjorie, aşa că o privi şi ea dur, la rândul ei.

Rebecca se mânie şi îşi aruncă pumnul în aer. Un nor negru apăru şi începu să plouă peste Nora torenţial.

Nora nu se mişcă şi nu arătă nici un fel de spaimă. '*Un pic de ploaie nu a ucis pe nimeni*', se gândi ea.

Brusc, toţi erau afară pe terasă. Tunau şi fulgerau la Rebecca, iar vocea lui Matt era cea mai puternică. Veni în goană şi o trase pe Nora la pieptul lui.

-Dacă vreodată, şi chiar vreau să spun vreodată, o mai atingi, chiar şi cu gândul, nu te voi mai recunoaşte ca parte a familiei mele, strigă el furios la Rebecca, iar ea oftă zgomotos.

-Ai face asta pentru ea? îl întrebă ea ultragiată.

-Este femeia pe care o iubesc. Va fi soţia mea într-o săptămână. Fie o respecţi şi îmi respecţi deciziile şi dorinţele, fie poţi uita că exist, o privi el dur şi o luă pe Nora cu el.

Trecând pe lângă mama lui, care părea complet şocată, o rugă pe o voce blândă:

-Ai putea să o ajuți pe Nora și să-i dai ceva în care să se schimbe, mamă?

Ea dădu din cap și li se alătură pe drumul spre casă.

Toți o priveau pe Rebecca cu ochi uluiți. Cârtise ea destul în trecut, dar niciodată nu atacase pe nimeni.

-De ce? o întrebă Bryan pe un ton liniștit. Nu ai fost atât de răuvoitoare față de mine, iar eu, cel puțin, chiar arătam ca un huligan, spuse el.

-Bryan, strigă Becka la el. Cum îndrăznești să vorbești astfel despre tine?

-Calmează-te, iubito. Trebuie să știm de ce o urăște pe Nora, îi mângâie el brațul Beckăi, ca să o aline.

-O urăști pe mami? interveni vocea uluită a lui Nat, iar adulții oftară.

-Dacă Matt află că el știe, o să fie circ, îi șopti Jonathan Ameliei care se afla cel mai aproape de el.

Amelie imediat înaintă și prinse mâna lui Nat. Îi spuse alinător:

-Nimeni nu o urăște pe mami a ta, Nat. Ai văzut că noi toți o iubim.

-Dar ea nu o iubește, spuse băiatul cu încăpățânare.

-Nu o urăsc, îi replică Rebecca copilului. Urăsc doar că anumite planuri au fost distruse, atâta tot, spuse ea și încercă să-i ciufulească părul copilului, dar acesta se trase departe de ea.

O mai privi câteva clipe, iar apoi își ridică ochii spre Amelie.

-Pot să mai primesc o felie de prăjitură, mătușică?

Amelie dădu din cap și zâmbi ușurată că se evitase criza. Îi plăcea la nebunie să îl audă pe puști numind-o mătușă.

Lui Nat i se spusese că Matt se va căsători cu mama lui şi, în consecinţă, va deveni tatăl lui. Vestea l-a făcut foarte fericit. Deja îl iubea pe Matt, care mereu îşi făcea timp pentru el şi nu îl critica niciodată.

Apoi, toată lumea i-a spus să-i numească mătuşă sau unchi şi, brusc, se pomenise în mijlocul unei familii uriaşe. Mult mai important, toată lumea încerca să-l facă fericit şi chiar îi dădea atenţie.

NORA, MARJORIE ŞI MATT se întoarseră după un sfert de oră. Nora refuzase o rochie, dar acceptase o pereche de pantaloni şi o cămaşă.

A trebuit să-i explice de mai multe ori lui Matt că nu îl considera vinovat pentru ceea ce se întâmplase şi că nu, nu-şi schimbase hotărârea în ceea ce îl privea. Tot se va căsători cu el sâmbăta viitoare.

Matt fierbea. Întotdeauna ştiuse că străbunica lui era o femeie rece, care îşi punea dorinţele şi gândurile mai presus de ale tuturor. Dar cu toate acestea, nu-şi imaginase niciodată că îşi va folosi puterile pentru a face rău cuiva şi, în special, femeii pe care el o iubea.

Rebecca era tot acolo când s-au întors pe terasă, iar Matt pur şi simplu văzu roşu în faţa ochilor. Pasul i se lungi, hotărât să ajungă la ea şi să o dea afară, dar Nora îi strânse degetele şi îl trase înapoi cu blândeţe.

El o privi peste umăr, iar ea se cutremură când îi văzu intenţia neagră din ochi.

-Nu, spuse ea pe un ton liniștit. Nu vei face nimic ce ți-ar rupe familia pe din două.

-Te-a rănit, mârâi el.

-Nu, nu m-a rănit. M-a udat, atât, ridică ea din umeri. Nu e mare lucru, Matt. Puțină ploaie nu a ucis pe nimeni.

-Nu-mi pasă, lătră el din nou.

-Dar îmi pasă mie, replică ea liniștit, iar el își închise ochii.

-Bine, nu o dau afară, dar trebuie să nu te mai atingă. Niciodată.

Ea acceptă cu o înclinare a capului, iar apoi amândoi se alăturară celorlalți.

Rebecca îi străpunse cu o privirea neagră. Își strânse mâinile în pumni și avansă spre Matt.

-Faci o greșeală, Matt.

-Este greșeala mea s-o fac, îi replică el pe o voce înghețată. Și nu văd nici un fel de greșeală din perspectiva mea, sublinie el.

-Nu-ți vei primi puterile în întregime și nici banii, se răsti ea.

-Îmi pare rău să te dezamăgesc, buni, dar am deja puterile. Iar banii... știi doar că nu am motive să mă plâng, râse el scurt.

-Nu se poate, făcu ea un pas înapoi oripilată. Ești cu ea numai pentru că ești un om cumsecade și îți pare rău pentru ea.

-Ți-am spus să nu o mai insulți, porni el spre ea cu pași furioși, dar Nora îi trase mâna și el se opri.

-Nora, vorbește urât despre tine, se plânse el.

-Și ce dacă? i-o întoarse ea. Nu e ca și cum mi-ar păsa.

-Dar îți pasă că îl coști aptitudinile și banii? o întrebă Rebecca pe o voce rea.

-Despre ce vorbeşte, Matt? întrebă Nora cu o încruntare între sprâncene. Ai pierdut ceva din cauză că eşti cu mine? îşi ridică ea vocea.

-Nu, iubito, chiar opusul, o asigură el. Din cauza dragostei noastre, am reuşit, în sfârşit, să am toate aptitudinile pe care ar fi trebuit să le am de la început.

-Nu înţeleg, se plânse Nora.

-Dă-mi mie voie să-ţi explic, zise Bryan îndreptându-se spre ei cu un zâmbet în colţul gurii. Fiind din afara familiei şi considerând că m-am aflat în situaţia ta în trecut, s-ar putea să fiu mai clar, Nora, îi spuse el şi veni mai aproape.

Rebecca se uită urât la el, dar el numai îi zâmbi.

-Vezi tu, din cauza a două tragedii în viaţa ei, străbunica a blestemat toate generaţiile ce vor urma. Nu pot să-şi folosească sau să-şi controleze puterile pe deplin, până ce nu s-au îndrăgostit şi nu s-au dăruit complet cuiva, explică Bryan.

El îşi întinse mâna spre Becka, iar aceasta îşi înlănţui imediat degetele cu ale lui.

-De exemplu, continuă el, dragostea lui Matt pentru tine l-a ajutat să-şi controleze abilităţile de citire a gândurilor altora şi alte percepţii extrasenzoriale, spuse el.

Nora îşi aruncă privirea spre Matt, iar el aprobă dând din cap, apoi se aplecă asupra ei, îi sărută buzele şi şopti:

-Vezi tu, mi-ai adus mai multă bucurie decât aş fi putut visa vreodată.

Nora se înroşi, iar Bryan jubilă.

-Acum, să continui, Nora. De asemenea, Rebecca a creat nişte trusturi pentru nepoţii ei, iar mai târziu pentru strănepoţi. Dar ei nu pot obţine aceşti bani, până ce nu se îndrăgostesc, se dăruiesc acelui cineva, iar acel cineva li se dăruiește la rândul lui. Desigur, există un set de administratori, cititori de minți, vezi tu, care verifică dacă cineva încearcă să trișeze. Înțeleg că cineva a încercat în trecut, râse el, privind spre Jay, care-i aruncă o privire urâtă.

-De ce toată lumea trebuie să mă aducă pe mine în discuție? întrebă el dezgustat, aruncându-și mâinile în aer.

-Pentru că povestea ta este comică, răspunse Bryan și îi făcu cu ochiul.

-Atunci, spuse Nora ezitând, nu văd ce a pierdut Matt pentru că este cu mine.

Ea privi spre Rebecca interogativ, iar apoi spre Matt.

-Asta este ideea, iubito. Nu am pierdut nimic, ba din contra, am câștigat absolut totul, spuse el și îi ridică mâna la buze și i-o sărută.

-Da? râse Rebecca urât. Atunci dovedește-o.

-Singurul lucru pe care trebuie să-l facem este să ne-o dovedim unul altuia, buni, își scutură Matt capul. Nu trebuie să-ți dovedim nimic ție.

-Ți-e teamă, spuse ea cu un râs urât. Știi că administratorii vor vedea prin această prefăcătorie, așa cum eu am văzut deja.

-Tu porți ochelari negri, buni, așa că de fapt nu vezi nimic din ce nu se află direct în fața nasului tău, replică Matt.

-Copiii se iubesc unul pe celălalt, Rebecca, interveni Marjorie. Lasă-i în pace, o îndemnă ea.

-Ești o proastă, Marjorie, se repezi Rebecca la ea.

-Nu-i vei vorbi soției mele astfel. Ți-am mai spus aceasta în trecut și nu o voi mai repeta, veni Jonathan să o susțină pe soția sa.

-Acum văd, spuse Rebecca. V-au păcălit pe toți. Au crezut că voi înmâna banii imediat dacă îmi prezintă o poveste plină de lacrimi despre iubire. Sunt făcută dintr-o stofă mai zdravănă de-atât, Matty, băiete, râse ea scurt.

-Poate că nu am fost suficient de clar, repetă Matt pe un ton sec. Nu vreau să iau banii. Am deja ceea ce am nevoie, chiar aici, spuse el ridicând mâna Norei.

-Știi ce cred? spuse Rebecca cu satisfacție. Cred că ți-e teamă. Dacă nu ți-ar fi, ai accepta ca administratorii fondului să o verifice.

-Mi-a oferit deja gândurile ei, așa că știu foarte bine ce gândește și ce simte, replică Matt cu indiferență. Nu am deloc nevoie de administratorii tăi să-mi spună ceea ce știu deja, ridică el din umeri.

Bryan îi puse o mână pe umăr.

-Matt, pe termen lung, chestia aceea cu administratorii ajută. Am fost în situația asta și am făcut-o, doar știi.

-Nu vreau ca ei să-i citească mintea, se încăpățână Matt, uitându-se urât la Bryan.

-Dar eu vreau, spuse Nora pe o voce calmă. Știu că tu știi cum gândesc, dar poate este mai bine dacă toată lumea se convinge că nu încercăm să-i păcălim, îi spuse ea, mângâindu-i brațul.

Matt își închise ochii înfrânt.

CAPITOL FINAL

SOARELE STRĂLUCI PESTE insula lui Bryan în ziua când Nora s-a măritat cu Matt. A purtat o rochie albă, stil prinţesă, care avea bustul acoperit de perle mici. Rochia fără mâneci se mula pe bustul şi talia ei, dar i se înfoia în jurul picioarelor.

Nora avusese unele rezervări la început. Fusese măritată înainte, în fond, şi nu i se părea corect să poarte o rochie albă. Dar apoi a discutat acea problemă cu Marjorie, care, împreună cu Becka, Lily şi Maggie, au insistat să meargă cu ea să-şi cumpere rochia de mireasă.

Viitoarea ei soacră i-a explicat cu răbdare că se înşela. Nora nu purtase o rochie albă pentru prima ei căsătorie. Se căsătorise la primărie. Mai mult decât atât, aceea era prima şi singura căsătorie a lui Matt, iar lui i-ar fi plăcut foarte mult ca mireasa lui să fie îmbrăcată toată în alb.

Ochii lui Matt străluciră cu lacrimi reţinute când ea apăru în capătul culoarului şi începu să se îndrepte încet spre el şi spre altarul improvizat. Ochii lui îi cutreierară chipul şi trupul, iar mândria îi fulgeră în pupilele lui de un albastru închis.

O urmărea înaintând încet spre el, dar, pentru prima dată în viaţa lui, Matt îşi pierdu răbdarea.

Se grăbi în jos pe culoarul creat de Marjorie cu un covor alb între rândurile de scaune. Nu se opri până ce nu ajunse la ea, îşi înlănțui degetele cu ale ei şi îi sărută buzele uşor.

-Ce faci, Matt? şopti Nora, iar ochii ei măriți şi năuciți, se fixară pe chipul lui.

-Am făcut o greşeală iubito. Ar fi trebuit să avem ceremonia asta în living, în mai puțin de cinci minute, iar apoi să fi plecat în luna de miere imediat. Nu ştiu dacă voi avea răbdarea să trec prin toate acestea. Vreau să fiu singur cu tine chiar acum, şopti şi el, iar pentru prima dată de la accidentul ei, el nu se gândi defel la piciorul ei rănit, ci o îndemnă să se grăbească ca să ajungă în fața pastorului mai repede.

Acțiunea lui i-a şocat pe toți cei prezenți, iar la început, nimeni nu reuşi să reacționeze. Doar Marjorie şi-a acoperit gura, iar lacrimi începură să-i curgă pe obraji.

Becka şi Bryan se priviră unul pe celălalt, Becka cu uluială, iar Bryan cu un zâmbet larg şi ştiutor pe buze.

Nat, căruia i se spusese cum urmau să se desfăşoare evenimentele, nu înțelegea ce s-a schimbat şi îşi tot întreba mătuşile ce se întâmpla, dar nimeni nu părea capabil să îi dea un răspuns.

Când Matt şi-a petrecut brațul pe după talia Norei şi a grăbit-o în fața pastorului, toți şi-au revenit şi au început să râdă.

Jay şi Maggie şi-au ridicat brațele şi şi-au plesnit palmele, aşa cum făceau de obicei, iar ceilalți s-au înghiontit cu coatele unul pe celălalt. Chiar şi bătrâna generație râse.

-Băiatul este într-o stare mult mai proastă decât am fost eu, îi şopti Jonathan lui Marjorie, iar ea îl aprobă dând din cap, cu un zâmbet pe buze, în ciuda lacrimilor care îi tot curgeau.

Nora se înroşise până în vârful urechilor, dar Matt avea o singură grijă pe lume. El pur şi simplu voia să se însoare o dată şi să plece la cabana pe care o închiriase pe malul unui lac din nordul provinciei Ontario.

Deja aranjaseră şi discutaseră totul cu Nat, iar copilul declarase că va fi fericit să stea cu Becka şi Bryan câteva săptămâni, în timp ce mami şi Matt se bucurau de o lună de miere scurtă.

Tuturor le plăcu serviciul religios scurt, precum ceruse Matt, deoarece acesta nu dorea să piardă prea mult timp înainte de a spune *Da*.

Rebecca fusese invitată numai ca rezultat unor intervenţii extinse din partea tuturor femeilor familiei şi, în special, din cauza cererilor constante ale Norei. Matt devenise rece ca gheaţa faţă de ea şi nu dorea să o vadă sau să-i vorbească.

Petrecerea de logodnă se încheiase cu invitarea administratorilor numiţi de Rebecca pentru ca ei să determine dacă tânărul cuplu era sau nu îndrăgostit cu adevărat.

Matt se opusese acelui lucru, dar Nora, care nu dorea să fie cauza pentru nici un fel de discuţii între Matt şi familia sa, insistase.

Când administratorii au recunoscut iubirea şi deplina implicare dintre Nora şi Matt, Rebecca a simţit că o lua cu leşin. Se înşelase încă o dată.

Încercase să-l abordeze pe Matt atunci, dar el nu s-a obosit să discute nimic cu ea. El doar i-a anunţat pe administratori că nu dorea şi nu avea nevoie de banii din trust, iar apoi i-a luat pe Nora şi Nat de mâini, şi-au luat la revedere de la ceilalţi şi au plecat.

Rebecca privi cuplul care îşi spunea jurămintele şi o umbră trecu peste chipul ei. Îl ştia pe Matt bine şi ştia că nu îi va fi la fel de uşor să-i intre din nou în graţii aşa cum îi fusese cu Bryan.

Matt era un om cumsecade, dar cu toate acestea, nu era înclinat deloc spre iertare. Deja îi spusese în termeni fără echivoc să-şi bage banii unde nu strălucea soarele. Nora îi susţinuse decizia, deşi îi ceruse cu hotărâre să şi-o exprime în termeni mai politicoşi.

Unii dintre membrii familiei mai vorbeau încă cu ea, dar nu toţi. Nu avea ea nevoie de mila lor, dar acel fiasco o determinase să caute altă cale să obţină ceea ce voia.

Ochii îi căzură pe Ariel, care se strǎduia să ţină piept invitaţiilor insistente din partea prietenului lui Bryan, Max. Rebecca se cutremură. Acela era un bărbat pe care nu şi-l dorea în familia ei. Mulţumea lui Dumnezeu că fata aceea părea să aibă ceva minte!

BIOGRAFIA AUTOAREI

ROWENA DAWN scrie romane de dragoste, citeşte cărţi
poliţiste şi se uită la comedii. Îi place să se plimbe prin pădure,
dar iubeşte marea nebuneşte.

Are o relaţie de dragoste şi ură cu scrisul ei şi îl înnebuneşte
pe câinele ei când nu se opreşte din scris pentru a-l scoate la
plimbare.

Această serie, *Familia Winston*, va avea opt romane de sine stătătoare, iar toate vor fi arăta cum iubirea poate învinge blesteme şi aduce fericirea oamenilor implicaţi.

Curând va apare a treia carte din seria "*Familia Winston*" a Rowenei Dawn: **SALVAREA LUI JAY!**

DILEMA LUI MATT

Cărți scrise de Rowena Dawn:
Cu Dublu Tăiș – Prima Carte din seria Jumătatea Perfectă
- eBook, paperback, (audio book – doar în limba engleză)
Meg – eBook (***Meg La Răscruce de Drumuri***), paperback,
(audio book – doar în limba engleză – *Leap of Faith*)
Trezirea Beckăi (Prima Carte din Seria Familiei Winston)
– eBook, paperback, (audio book – doar în limba engleză)
Bărbatul (Aproape) Perfect - eBook, paperback, (audio
book – doar în limba engleză)
Dilema lui Matt (Cartea a Doua din Seria Familia
Winston) – eBook, paperback

VOR FI PUBLICATE CURÂND:

ATRAS (Cartea a treia din Seria Jumătatea Perfectă).
Salvarea lui Jay (Cartea a treia din seria Familia Winston)

Vă mulţumesc că aţi citit romanul ***Dilema lui Matt***, cartea a doua din seria ***Familia Winston***.

Dacă v-a plăcut, vă rog spuneţi-le şi prietenilor dumneavoastră despre el sau scrieţi o scurtă recenzie.

Reclama din gură în gură este cel mai bun prieten al unui autor şi este extrem de apreciată.

Vă mulţumesc,
Rowena Dawn

DILEMA LUI MATT

Pentru a afla despre viitoare lansări de carte, vă rog înscrieți-vă la newsletter pe:

www.roxananastase.weebly.com[1].

Nu vă vor fi trimise alt gen de emailuri.

1.   http://www.roxananastase.weebly.com

ROWENA DAWN

CUPRINS

Did you love *Dilema lui Matt (Cartea a Doua in seria Familia Winston)*? Then you should read *Salvarea lui Jay*[2] by Rowena Dawn!

[3]

Jay nu dorea decât să se amuze. În schimb, și-a pierdut inima și liniștea sufletească.

Jay nu este un bărbat prea la locul lui. Poate citi mintea oamenilor, deși nu foarte bine și nu întotdeauna. Cu toatea acestea, își folosește talentele pentru a juca cărți și a câștiga.

Din păcate, joacă o dată în plus. Își pierde banii și abia scapă în viață, dar numai pentru că are un înger păzitor. Acum trebuie să decidă dacă ceea ce simte pentru acel înger este recunoștință sau iubire.